セーデルホルムの魔女の家

彩瀬あいり

一二三
文庫

目次

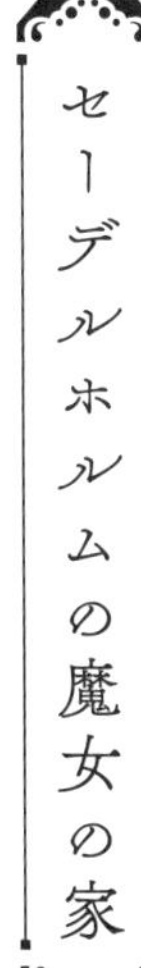

セーデルホルムの魔女の家

01　緑の屋根の家

小高い丘を上っていくと、森の緑よりも濃い色に塗られた屋根がポツンと見えてくる。そこにあるのは平屋の一軒家だ。周囲に人家は見当たらない。まるで隔離されたような場所に建っているけれど、寂れたようすもない、穏やかで優しい印象の家。程よく手入れされた蔦が這うその門前で、メルヴィは足を止めた。

真昼の太陽が薄い蜂蜜色の髪を照らして背中をあたためるが、エニス大陸でも北に位置するセーデルホルムの冬は厳しい。

使いこまれた旅行鞄の他に、大きな荷は持っていない。すべて揃っているから、身ひとつでかまわないと聞いている。

メルヴィは、各地の御邸(おやしき)を転々としている派遣型のハウスメイドだ。中央都市トランシヴァルから静養に訪れている軍人、アダム・スペンサーの滞在中に、身の回りの世話をするのが今回の仕事である。

雇い主となるアダムは、片足を負傷しているらしい。国の中枢で起こった騒動を鎮圧する際に痛めたのだとか。大事には至らなかったものの、その状態で通常任務に就くのは難しいと判断された。溜まっていた休暇と合わせて、すこしばかり早い冬の長期休暇を勧められ、静養のためにセーデルホルムの別荘地を訪れることになったそうだ。

　ここは彼の祖父ジェフリーが生前所有していた物件。晩年に病気で倒れるまで一族の誰も存在を知らなかった家だが、かつての住人は老婦人とふたりの子どもだというから、慈善家でもあった氏が援助をしていたのだろう。顔の広い彼らしいと、親族らは驚きながらも納得した。

　大事に扱ってほしい旨が遺言状にも記されており、大きく手を入れることもなく、なるべくそのままの形で残す方向で話が進んだ。都市部から離れているため、業者に頼んで定期的に空気を入れている。

　利用する機会もないまま数年が経過していたが、今回活用されることになったのは、アダムが足を負傷しているからだ。かつて高齢者が住んでいたということで、足の不自由さを軽減するための加工も随所に施された家である。医者が必要な疾患があるわけではない、ただ体を休めることを目的としている身での療養場所に、最適だった。

　アダムと同じ軍部に所属している知り合いから、メルヴィのもとに依頼が舞い込んだのが一週間前。ちょうど仕事の契約も終了したところで、次も決まっていなかった。短期の仕事を探そうと思っていたメルヴィとしては、一か月のあいだ、住み込みで仕事ができるのは渡りに船でもあったのだ。

　新しい仕事、新しい主。

この家で、どんな出会いがあるのだろう。

高鳴る心臓をおさえながら、メルヴィは敷地に足を踏み入れた。

「はじめまして。コルト・パーマー中尉からの依頼で参りました。メルヴィと申します」

「ああ」

アダム・スペンサーは、ひどく不愛想な男だった。短く刈り込まれた暗めのアッシュブロンドの髪、冷ややかな灰青の瞳がこちらを見下ろしている。

整った顔立ちだが頬に小さな傷がいくつもあり、分厚い唇は不機嫌そうに引き結ばれているため、気圧される雰囲気がある。軍人らしく厚みのある体つき、服の上からでもわかるほどに盛り上がった筋肉で肩が張り、メルヴィの細い体の倍はありそうな体躯だ。

およそ愛想がいいとは言い難いうえ、主(あるじ)が自ら出迎えに立っていることを不審に思い、メルヴィは疑問をくちに乗せる。

「あの、使用人の方はいらっしゃらないのですか？」

「執事は使いに。料理人は町から通いの者を。あなたには日常の細々としたことを頼みたい」

　端的に告げられた内容に、この家の状況を把握する。どうやら常駐する雇われ人は自分だけになるようだ。名家の子息らしからぬ環境だが、彼は軍人。士官学校は寮生活を主としており、自身のことは自身でおこなうことが推奨されている。学生時代から、遠征等を考慮した生活をしているのだ。アダムもまた、ひとりでも問題のない暮らしができるからこそ、細々（こまごま）とした仕事をするための使用人は連れてきていないのだろう。

「承知しました」

「ただ、その、事前に言っておくが、無理をすることはない」

　淡々と話していた男は、そこで急に言い淀んだ。メルヴィは先んじて問う。

「お嬢さまのことですか？」

「……言って聞かせてはいるのだが」

　勤めるにあたり聞かされた事前情報によると、この家には女の子がいる。名はケイトリン。七歳だ。少女はアダムの実子ではなく、亡くなった軍の友人の子を引き取ったらしい。

　妻に先立たれている友人には身寄りがなく、良家の出だった妻の両親は軍人の婿を煙たがっていたところがあり、残された孫への態度も褒められたものではなかったという。そのせいなのか、ひどく乱暴で癇癪持ちらしく、辞めていったメイドたちは少女の態度に辟易したのだとか。メルヴィはナニーの役も乞われていた。

「うかがっております。お任せください、なんて大きなことは言えませんが、精一杯つとめさせていただきます」

「まずは、引き合わせよう」

そう言ってアダムは踵を返す。足を負傷したというわりには危なげない歩行で廊下を進んでいき、メルヴィはあわててその背を追った。


玄関ホールを中心にして左右に分かれた邸内。右側はキッチンなどの水場が並んでおり、左側が住居スペース。一番手前の部屋、開かれたままの二枚扉をくぐると、そこはリビングルーム。暖炉で火が赤々と燃えているが、室内の温度は思っていたよりも低い。よく見ると、外へ出るための引戸が足の幅ほど開いており、外から冷たい風が吹き込んでいるようだった。

「すまない。ケイトリンの仕業だ。なんでも、開けておかないと入ってこられないと言って、気づくとあちこち勝手に開けてしまう」

アダムが引戸に手をかけて閉じようとすると、一続きとなった隣の部屋から甲高い声が響いた。

「ダメ。閉めないで」

「不用心だし、客人が来ているのだから、寒い思いをさせるわけにはいかないだろう。そうだ、こちらに来ておまえも挨拶を」

「イヤ。どうせまたお金が目当ての香水くさいおばさんなんでしょう？　こっそりおじさんのベッドに寝るようなひと」

「ケイトリン！」

「その名前で呼ばないで！」

金切り声をあげる存在を確認するために、メルヴィは室内を進む。陰になっていた観葉植物を追い越すと、ようやくその姿が見えた。癖のないまっすぐな黒髪をひっつめ気味に縛り、灰緑の瞳に苛立ちをのせた少女が、肩を怒らせて立っている。

アダムの言う客人がすぐ近くにいるとは思っていなかったのか、顔を出したメルヴィを見てわずかな動揺が顔に走った。ゆるりと不安の色が漂ってきて、メルヴィの頬がゆるむ。

（なんだ、いい子じゃないの）

気まずそうな顔で立ちすくむ少女のもとへ向かうと、目線を合わせるために腰を落とした。

「はじめまして。私はメルヴィよ。名前を教えてくれるかしら」

「知ってるくせに」

「そうね。でもあなたから聞きたいの」

「……ケイシー」

「まあ素敵。あなたそのものね、可愛い猫妖精さん」

小さな両手を取って微笑むと、驚きに目を見開く。

だからメルヴィは顔を近づけて、少女にだけ聞こえる声でそっと問いかけた。

「扉を開けているのは、妖精の通り道を作っているの？」

少女の肩口に潜む小さななにかはクスクスと笑っている。床の上を転がるように走っていく動物型の精霊は、壁に突き当たるとそのまま吸いこまれるように消えた。

室内は不思議な存在が満ちていた。家妖精にしては数が多いし、この土地ではあまり見ない姿もある。これらはおそらく、ケイトリンに付いてきた町妖精なのだろう。

「大丈夫よ。彼らはどんな小さな隙間からだって入ってきてしまうもの。それに、あちこち開けてばかりいては、どこから入ればいいのか困ってしまうわ。ここよって、教えてあげないと」

「そう、なの……？」

大きく頷いてみせると、ケイトリンはぎゅっと眉を寄せてうつむいた。

「……ほんとうはね、お部屋がさむかったの。だけどみんなが――えっと、みんなっていうのは」

「話しかけてくれるのが嬉しいから、妖精たちはみんな、あなたと一緒にいたいのね。だけどね、ケイシー。良い子もいれば、悪い子もいるわ。本当に悪いやつは、開いている扉から入ってきてしまうの。歓迎していると思ってしまうのね」

「たましいを取っちゃう？」

「そうね。悪い精霊は人間を狙うわ。赤ん坊や幼い子どもは、その標的になりやすい。自分の身をきちんと守るためにも、彼らとの付き合い方を学びましょう」

心当たりでもあったのか、ケイトリンの体が震えた。その体を自分に引き寄せて、メルヴィは少女の頭を撫でる。

「セーデルホルムには精霊がたくさん住んでいるから、あなたのちからになってくれるはず。ずっとひとりで怖かったのね。がんばったわね、ケイシー」

「どうしてあなたは信じてくれるの？　ママもおばあちゃまも、おかしなことを言うなってぶったわ。いままでのメイドも、ひとりでしゃべるなんて気持ちがわるいって。だれも信じてくれなかったのに、どうして？」

普通のひとには見えないものが見えるというだけで、周囲のひとは奇異な目を向けてくる。

少女がいつからこうなったのかはわからないけれど、突飛な言動が目立ったり、暴れたりするようになったのは三歳のころだという。もしかすると赤子のときからなにかの姿を捉えていて、無人の場所を見つめる挙動があったのではないだろうか。ケイトリンの母親が精神を病み、育児放棄に至ったというのもそれらが要因とも考えられる。

不安げに眉を寄せる少女にメルヴィは笑みを向けた。

「ケイシーと同じものを、私も見ているからよ」

「うそ」

「嘘なものですか。私のほうがあなたよりずっと年上なんですから、彼らとの付き合いは長いのよ」

腰を落とした状態のままで胸を張ろうとして、バランスを崩して尻もちをつく。踏みつけてしまいそうになった小さな隣人は、メルヴィの細い指をえいやと踏んで姿を消した。

(怒らせたかしら。あとできちんと埋め合わせをしないと)

独り言つメルヴィに届くのは、ケイトリンの内なる気配だ。

信じたい気持ちと、嘘かもしれないという不安。入り交じって、立ち上がるオーラはマーブル模様を描いている。

半分本当で、半分は嘘だ。

ケイトリンと同じように不思議な存在が見えるけれど、それだけではない。メルヴィは他人のこころの声が聞こえるのだ。制御して『耳』を閉じていても、喜怒哀楽の感情がオーラとなって見えてしまう『目』も持っている。

少女の葛藤を床に尻をつけたまま眺めていると、アダムがゆっくりと近づいてきた。

「ケイトリンが失礼を」

「とんでもありません」

アダムが声をかけてきたことで、ケイトリンのこころはまた固くなった。

伝わってくるのは警戒と失望。

そして哀しみ。

「わたしはわるくない。このひとが勝手にころんだのよ！」

「また突き飛ばしたのか」

「またって、でも、だってあれは」

途端、ケイトリンからは哀しみが押し寄せてきた。

——ちがう、だってあのときは怖いやつがいたから。あのままだと、ケガをしたから。

あまりにも強い感情のせいか、それともメルヴィ自身が同朋に会えたことで緩んでいたのか。ケイトリンの『声』が飛びこんでくる。

おそらくは、辞めていったというメイドたちの誰かのことだろう。何者かがメイドに危害を加えようとしていたのをケイトリンが阻止し、それが結果的に相手を突き飛ばした形になってしまった。

ただでさえ我儘で手を焼いていた子どもにそんな行動を取られたとしたら、過剰に反応して雇い主に進言してもおかしくない。

普段のおこないが悪いのだと言ってしまえばそれまでだが、そこには少女なりの正義が存在していた。助けなければと願った善行を否定され、さぞかし傷ついたことだろう。

保護者たる男からの無機質な視線を受け、苛立ちまじりに床を足で踏み鳴らしたケイトリンは、この場から逃げるように去った。その姿を見送るメルヴィに、アダムは肩で息をつく。

「申し訳ない。あの調子で何人ものメイドを辞めさせたんだ」

「あの、ミスター・スペンサー。あの子の言い分はお聞きになったのですか？」

「レスターが――ケイトリンの亡くなった父親が言うには、空想癖があって、妄言も多いと」

眉を寄せる男の顔に、メルヴィのなかで怒りが立ち上がる。

あの子がいったいどんな気持ちで行動を起こしたと思っているのか。

相手の言い分を鵜呑みにして、味方にならなければならない子どものことを信じないなんて、保護者が聞いてあきれる。なにからなにまで信じろとは言わないけれど、話を聞いてやるぐらいの配慮は必要ではないのか。こんな環境にいて、ケイトリンがまっすぐに育つわけがない。

「そんなふうだから、あの子は頑ななんだわ。ええ、わかった、わかりました。私があの子の味方になります」

「いや、俺は――」

反論なのか、くちを開こうとしたアダムを遮るように、メルヴィは力強く言葉を続けた。

「この土地で過ごしてみれば、あの子が見ている世界がすこしでもわかるわ。それを知って、あの子を認めてあげてください」

02　妖精の住む庭

御邸のことは、その家に付いている妖精に訊けばよい。

彼らは、自分の住処を整えるために尽力する。

「レディにそのようなことは」

「気にしないでください、ポールさん。私のほうが若いんだもの」

玄関ホールに設置されたガラス窓。その上部の鍵が壊れていると妖精に囁かれて、メルヴィは裏の倉庫から脚立を出してきた。別荘に在住する唯一の使用人・老執事のポールは、そんな彼女を止めようと必死である。

凄腕のメイドだと聞いていた。長く勤める使用人に負けず劣らずの働きをする女性。引き止める声は多いが、そのどれもを断って去っていく派遣型メイドの評判は噂になっている。

名家であるスペンサー家に長く勤めるポールは、年甲斐もなく、このメイドに会えることを楽しみにしていた。しかし噂のメイドは、主よりも若いレディであったのだ。

二十四歳。老成して見えがちな二十九歳のアダムとはうらはらに、彼女は年齢よりもずっと若い、まるで少女のような瑞々しさを湛えている。朗らかな彼女の声と活発な行動は邸内を明るくしたが、さすがにこれは限度を超えるだろう。

「おやめください、危のうございます」

「平気よ。若い男手のない老夫婦の家では、こういうのも仕事だったんだから」

青い顔をするポールを宥めて、メルヴィは脚立に足をかける。年季の入った印象のそれは、小柄な女性の体程度ではびくともしない。

慣れた調子で段を上がり、窓へ細腕を伸ばしてみる。指をかけると、たしかにガラス戸は横に開いてしまった。天井近くの小さな窓が開いたところで、泥棒が入ってこられるわけでもない。

けれど、悪い精霊はやってくる。

防犯のために鍵を直すのはもちろん大切だが、まずは応急処置をしておいたほうがいい。

（ケイトリンのためにもね）

妖精との付き合い方を知らない少女が、魅入られてしまっては困るから。

エプロンのポケットに忍ばせておいた匂い袋から、乾燥した葉をひとつまみ置く。

いる。

香草のなかでも彼らが忌避するものを選んで作った、手製のポプリのひとつだ。いつ、どこで、なにに出くわすかわからないため、メルヴィはそれらを常に持ち歩いている。

不審に思われないよう手早く処理を済ませると、なんとはなしに玄関ホールを見渡してみた。

使用人がいないも同然の邸では仕方ないのだろうが、非常にシンプルだ。もっともそれは、ここが遠隔地であり、普段はひとが住んでいないことも関係しているのだろう。調度品の数も少ないし、壁に掛かる絵画もない。いままで働いてきた御邸に比べると、なんだか寂しい雰囲気。ひとを出迎える場所にはもうすこし華やかさが欲しいと、身勝手に思ってしまう。

「ねえポールさん。もうすぐクリスマスだけど、ツリーは置くのかしら」

「ツリーでございますか？」

「ほら、あそこ。あのあたりなら通行の邪魔にならないし、置くのにちょうどいいと思うの。それともリビングのほうがいいかしら。そうだ。せっかくなら、ヤドリギも飾りましょうよ。場所は――」

「なにをしているんだ」

嬉々として指さすメルヴィの耳に、低い男の声が突き刺さった。

感情の伴わない、冷たい声。

「見てのとおりですわ。小窓が開いているような気がしたので、確認をしておりましたの」

背の高いアダムよりも高い位置から見下ろして、メルヴィはそっけなく言い放つ。するとアダムは、さらに声の調子を落として告げた。

「君がそんな仕事をしなくてもいい」

「ですがポールさん、今日は寒さのせいか膝が痛むそうですので」

「なら、俺に声をかければ済む話だ」

「怪我をして療養中の方に？　第一、この脚立では旦那さまの体を支えられるとは思えませんわ」

「とにかく、下りてくれ」

「かしこまりました」

ゆっくりと足場を確認しながら下りて、改めてアダムの前に立つ。今度は彼を見上げながら、なんと言ってやろうかと思案していると、男の唇がぎゅっと引き結ばれた。眉根が寄り、灰青の瞳が睨むような冷たさを帯びて、さすがのメルヴィもこころが冷える。

さっきの態度は、雇用主に対するものではなかった。ケイトリンのこともあってなんだかムキになってしまったけれど、自分はメイドだ。主を怒らせてしまえば、契約満了の前に解雇されても文句は言えない。

「差し出がましいことをしました」

「いや、もういい」

頭を下げるメルヴィに対し、アダムはそれだけを告げると背を向けて去っていく。足をかばっているせいだとわかってはいるが、ゆっくりとした歩みは怒りを表しているような気がして、ますます落ちこんだ。

失態だった。普段の自分なら、こんな反抗めいたことは絶対にしなかったはずだ。ここへ来てからどうかしている。

でも仕方がない。だって、この家は――。

「申し訳ありません、メルヴィ嬢」

沈む思考を引き戻したのはポールの声だった。

澱みを払うように頭を振って苦笑する。

「いいえ、私が悪いのです。こちらこそ申し訳ございません。アダムさまを怒らせてしまいました」

「あれは怒っているわけではありませんよ。坊ちゃまは、あなたを心配なさっただけです」

「心配？　なにを」

「高い場所に上がって、もしも落下でもしてしまえば、あなたが怪我をしてしまう」

「そんなことで？」

なんとも意外な答えが返ってきた。

高所というのもおこがましい位置。あの程度のことでメイドの心配をするだなんて、随分と気の小さな男だ。屋内の高低差を気にしていては、仕事にならないのに。

答えに詰まるメルヴィに対して、ポールは穏やかな笑みを浮かべている。

「さきほど提案いただいたツリーの件ですが、ケイトリンお嬢さまもいらっしゃいますし、良いお考えだと思います」

「町の商会へ行けば、飾りも含めて手配してくれるはずですわ。丘の上の家だと言えば、おそらく配達もしていただけるかと」

「わかりました、では訊いてみましょう。どうやらこの家は、よく知られているようですね。町の皆さんご存じでしたよ。魔女の――ロサの家だと」

スペンサー本家への連絡など、ちょっとした用事を済ませるために町へ下りることも多いポールは、立ち寄る先々でその名を耳にするらしい。

丘の上にある家は、長いあいだ住んでいた老婦人が亡くなったあとは空き家となっていた。

その家を別荘として使用することになったスペンサーの名は知られており、逆に感謝されたほどだ。

ここセーデルホルムは自然と共存してきた町で、精霊信仰が根付いている土地。そのなかにあって魔女は知恵者であり、薬師でもあった。かつて住んでいたのはロサという女性。彼女は『魔女』として皆に親しまれていた。

「ポールさんは、恐ろしくはないのですか？　中央のほうでは、魔女はあまり良い存在ではないのではないかと……」

「私は先代の当主、ジェフリーさまにお仕えしておりました。あの方は生前、セーデルホルムを好まれていた。この世には不思議なものがあるのだと、よく言っておられましたよ。若い時分は頑なところがございましたが、あの方が変わられたのは、この家に住んでいたという魔女のおかげなのかもしれません」

かつての主を思い出したのか、懐かしそうに語る執事の姿にメルヴィも思いを馳せる。

ジェフリー・スペンサーという男のことは知らないけれど、都会に暮らす名家の当主の姿は想像がつく。忙しい日々に視野も狭まり、使用人たちに当たり散らす者も少なくはない。けれど隠居して、都会の喧騒を離れて郊外に居を構えると丸くなるのか、心穏やかに過ごしているひとが多いのだ。

アダムの祖父もそのひとりで、セーデルホルムに息づくなにかに、こころを寄せたのかもしれない。

◇

キッチンから外につながる扉から庭へ出ると、灌木が裏庭に向かって伸びている。メルヴィの腰ほどの高さだが、子どもにとっては背丈にも相当する茂みだ。こういった場所には、なにかが潜んでいることも少なくない。

様子を見ながら歩いてると、向かう先から少女の囁き声が聞こえてきた。声の主はひとりしかいないだろう。

「ケイシー、どうかしたの？」

「なんでもないわ、向こうへ行って」

いつから外にいたのか。寒さに頬を赤く染めたケイトリンは、まるで背中になにかを隠すような素振りで、こちらを睨んでいる。

悪い気配はしない。むしろ場の空気はとても安定している。

近づくメルヴィに対し、後ずさるケイトリン。

少女の背中から覗いた緑色は、灌木の葉ではなく動物の毛並みのように見えて、メルヴィは問いかけた。

「ねえケイシー、それは――」

「ダメ！　化け物なんかじゃないの。ごめんなさいごめんなさい、おねがいひどいことしないで」

途端、悲鳴のような声をあげて謝罪する。責めたつもりはないのに、まるで叱責されることを想定しているかのような怯え具合だった。

一歩近づくたびにケイトリンは身を震わせる。それでいて逃げるでもなく、両手を広げてこちらに対峙しているのだ。

その小さな体のうしろには、動物らしき姿がある。地面に伏せているが、立ち上がると灌木と同じぐらいの背になりそうだ。ケイトリンより大きいのではないかというそれは、深い緑色をした長い体毛に覆われており、ぐるりと巻かれた縄のようなしっぽを揺らして佇んでいる。

メルヴィから逃がそうとしているのか、必死に動物の体を押しているケイトリンに声をかけた。

「私にも紹介してくれないかしら。あなたのお友達」

「……石を投げない？」

「そんなことしないわ」

「棒でたたいたり、水をかけたり、大きな声で追いはらおうとしたり――」

「しないわ。大丈夫」

言いながら近づいて、ケイトリンの前に膝をつく。怯えた顔の少女を安心させるように微笑んで、次に緑色の動物に視線を移した。

深い毛に隠れて、目元が見えない。唸り声ひとつあげないけれど、黒々とした鼻の下には、おそらく大きなくちがあるのだろう。小さく呪文を唱えながら、メルヴィは右手で拳を作って、その鼻先に近づける。

すると、ふんと吐く息が届き、ヒクヒクと動く鼻がメルヴィの拳を嗅ぎはじめた。

時間にして数分。息をひそめて見守っていると、太い尾をゆっくり左右に振り、膝立ちになっているメルヴィの片腕に寄り添うように体を押しつけてきた。洋服越しにふわりとした毛並みの感触が届き安堵する。どうやらこちらを認めてくれたらしい。

（この家に、犬妖精（クー・シー）が現れるなんて思わなかったわ）

妖精たちの番犬たる犬妖精が、人家に現れることは稀だ。この先の丘から北へ向かう方角に広がっている、妖精や精霊が多く住まう森。そういった場所で見かけることはあるけれど、ひとが住まう家にまでやってきたのは、ケイトリンがいるからなのだろうか。少女は妖精に好かれる性質だと、短い付き合いでもわかる。

「この子はいつからいるの？」

「知らない。庭に出ると、いつもいる。……ねえ、おじさんに言う？」

「そりゃあ、おはなしするわよ」

ひどく不安そうな少女に告げると、目に見えて傷心した。怒られると思っているのだろう。たしかにあのアダム・スペンサーという男は、そういったことを言いそうではある。

でも、大丈夫。だってあのわからず屋と対峙するのは、少女ひとりではないのだ。メルヴィのことも「大人の仲間」だと思いこんでいるケイトリン。そんな彼女が自分の弁を聞いたら、いったいどんな顔をするのだろう。

想像して、込み上げてくる笑いをこらえながら、メルヴィは続ける。

「だって、家に入れるのであれば、家長の許可を得ないといけないでしょう?」

すると、ケイトリンの顔に驚きが走った。信じられないことを聞いたような表情で、瞳を揺らす。その頭に手を置いて、メルヴィは微笑んだ。

「お願いしてみましょう。犬が飼いたいって」

「……でも、こんなに大きな犬、ダメって言うに決まってるもの」

「あら、まだ仔犬じゃない」

ケイトリンが頭を振ると同時に、あれほど大きかった犬妖精の体は両手で抱えられるほどに変化した。その後、甘えるように少女の足もとに寄ると、小さな舌を覗かせて身づくろいを始める。

犬妖精は賢い。自身がどうあるべきか知っている。ケイトリンの状況に合わせた形に変じるなど、彼にとっては造作もないことだろう。

犬妖精の変容に唖然とするケイトリンに、メルヴィは言った。

「さあ、家に入ってミルクをあげなくちゃ。この子の名前はなんていうの？」

「……グリュン」

差し出されたメルヴィの手を握って、ケイトリンは涙まじりの声で小さく呟いた。

03　変わり者の獣医

　アダムがリビングでくつろいでいたところ、庭へつながる扉が開き、声をかけられた。いつのまに外へ出ていたのか、メルヴィが己を呼んでおり、何事かと赴くと彼女の傍らにはケイトリンが立っていた。毛むくじゃらななにかを抱えていて、メルヴィがぬいぐるみでも与えたのかと思ったとき、垂れさがった尾が揺れたことで生き物だと知れる。

　いったいこれはどういう事態だ。訝しむアダムに、ケイトリンはおどおどしながら「犬を飼いたい」と申し出てきた。この少女が自分になにかを願うなどはじめてのことで、アダムは驚きのあまり普段以上に怖い顔となったようだ。怯えた顔をして後ずさるケイトリンの背を止めたのは隣に控えていたメルヴィで、彼女が優しく話しかけるとそれに頷きを返す。穏やかな雰囲気に圧倒され、アダムはますます混乱する。

　紹介の場はお世辞にもなごやかとはいえなかった。ケイトリンはいつものように癇癪を起こし、引き合わせたメイドに牙を剥いた。あれからどれほども経っていないというのに、いったい彼女はどんな方法で懐柔したのだろう。

　ひとつ呼吸をして、ケイトリンが抱える存在に目を向ける。

　庭へ入ってきた迷い犬だろうか。深い毛に覆われ目が隠れているため、どんな犬なのか判別がつかない。随分と汚れており、葉や木くずが付着していることだけはたしかで、このまま屋内に連れていくには憚られた。だからこうしてアダムを庭へ差し向けたのだろう。

　動物を飼うことに反対する気持ちはない。アダム自身、子ども時代には犬を飼っていた。兄弟姉妹がいないケイトリンに、それに似た存在を提供することにまったく異存はないのだが、なにもこんな薄汚れた迷い犬でなくてもよいのではないだろうか。帰宅したのち、あらためて選定したほうが安全に思える。

　黙考するアダムが反対していると思ったのだろう。ケイトリンは眉根を寄せ、いまにも泣きそうな顔つきになった。その表情にアダムは胸を締めつけられるような気持ちになり、あわてて言葉をつむぐ。

「かまわない。おまえが望むのならば」

「おじさん、ほんとうにいいの？」

「ああ。だが野犬をそのまま飼育するわけにはいかない。きちんと医者に診せてからだ」

「お医者さま……？」

　そこでケイトリンはまた声の調子を落とす。そんな少女を励ますように、傍らに立つメイドは声をかける。

「大丈夫。セーデルホルムの獣医だもの。きちんと診てくださるわ」

「ほんとうにへいき？」

「ええ、大丈夫。それに、あなたのおじさまはグリュンのことを危険視しているわけではないのよ。動物にとっては問題がなくても、人間に影響を与える病気もあるのだから、心配するのは当然だわ」

「わたしのこと？」

ぽつりと意外そうに言葉を漏らし、ケイトリンはアダムを見上げた。その隣にいるメイドからの無言の圧がなかったとしても、答えは変わらない。

「当たり前だろう。おまえになにかあっては困る。俺だけではなく、家の皆が心配する」

「ほら御覧なさい。言ったとおりでしょう？」

アダムが頷き、メルヴィが笑みを浮かべる。

するとケイトリンは表情をゆるめ、安堵したようすで隣に立つ女性の腰に抱き着いた。腕から抜け落ちた犬が尾を振りながらそれに寄り添うと、そこだけがまるで陽だまりのような空間と化す。

冬の弱い日射しがなにもない場所を照らし、風もないのに舞ったなにかが彼女たちの周囲をキラキラと取り巻いたように見えて、アダムは目を瞬かせる。

しかしそれは一瞬の出来事で、もう一度目を凝らしたとき、そこにはただ冬枯れの庭が広がっているだけだった。

翌日、犬を連れて向かったのは町外れの厩舎である。住民らによると、馬のメンテナンスを兼ねて獣医師も暮らしているらしい。付近にはいくつか牧場もあり、近隣では重要な位置づけの職業なのだとか。

「ほうほう、これはかなりめずらしいね！」

分厚いレンズの丸眼鏡をかけた若い医師は、訪れたアダムたちを見て興奮気味に声をあげた。渦を巻いたような栗色の髪の毛は、寝起きそのままではないかと思われるほど乱れている。医師というよりは、どこかの研究員のような風貌。白衣の裾をなびかせて大股で近寄ってきた青年に、ケイトリンは驚いたように肩を跳ねさせ、隣に立つメルヴィのうしろに隠れた。

「おおっと、失礼。はじめて見たから興奮してしまったよ」

「……はじめて？　そんなにめずらしい犬種なのか？」

犬の種類にくわしいわけではないアダムが眉をひそめると、医師は大きく頷き、アダムにぐっと顔を近づけた。

「それはもう、とても！　だってこれは――」

「あの、ドクター？」

「なんだろうレディ」

するると、彼の弁をさえぎるようにメルヴィが声をかけた。反応し、ぐるりとそちらに顔を向けた医師に言葉を続ける。

「フーゴ先生は、お出かけになっているのでしょうか」

「おや、もしや師匠を訪ねていらっしゃった？　言いにくいのですが、彼はもう」

「――そう、ですか」

その先に続く言葉を聞かず、メルヴィは顔を伏せた。

フーゴという名は、昨夜のうちに彼女から聞いていた。セーデルホルムに暮らす獣医だと。北部では名の知れた医師らしく、国内のさまざまな場所で仕事をしているメルヴィも過去にかかわったことがあるようだった。

「先代のお知り合いですか？　名医でしたからねえ」

「ええ、まあ」

大きく頷く医師は誇らしげに胸を張る。そして訊いてもいないのに語りはじめたところによると、セーデルホルムという土地に憧れて隣国からやってきて、行き倒れていたところを助けてくれたのが、フーゴだったらしい。そして、そのまま押しかけ弟子になったそうだ。

「隣国ということは、もしや山を越えていらしたのですか？　よく無事に辿りつかれましたね」

感嘆したようにメルヴィがこぼすと、医師は頭を掻き、苦笑いを浮かべた。

「僕が旅に出たのは夏の盛りでして。だからこそ平気だったのでしょうね。冬ならば凍死していた可能性があると怒られましたよ」

「当然です」

「失敗談は置いておきましょう。そんなことより見せてください、その犬を」

足取りも軽く先導し向かった先は、医師の住居に併設した小さな医院。診察台の上に仔犬を乗せると、早速とばかりに薄汚れた体毛を掻き分けて、犬の顔をあらわにした。くちの中を確認し、心音を聞く。ただそれだけのことを楽しそうにおこなう。メルヴィは不安そうに見守っているが、たしかに彼のようすはまるで実験動物を相手にしているかのようで、よい気分にはならないかもしれない。

「あの、ドクター。おそらく健康状態には問題ないのではないかと思うのです。ただ念のために診ていただこうというだけで」

「ええ、承知していますよ。だからフーゴ先生がいらっしゃるここを訪ねていらした。彼はこういったことの専門家でしたからねえ。そしてレディ、僕もまた彼の下で学んだ医師です。ご安心ください」

「……あなたは、つまり、その」

「セーデルホルムに憧れがあったと言ったでしょう？　この土地に息づく者たちに焦がれて僕はやってきた。その姿を拝めるようになるまでにも時間がかかりましたし、見えるようになったからといって先代ほどの信頼はまだないのか、彼らに頼られることはありません。残念です。ですから、こうして連れていらっしゃったことに驚きと感動と感謝です」

「お医者さんはグリュンをいじめないの？」

メルヴィの陰に隠れていたケイトリンが、おずおずと顔を出して医師に問う。少女の背丈に合わせて腰を落とした医師は笑み浮かべた。

「どうしていじめたりするんだ。僕は彼らと友達になりたいんだ。お嬢ちゃんはこの子とどうやって知り合ったんだい？　コツを教えてほしいぐらいさ」

「知らないわ。いつのまにか近くにいたから」

「いいなあ、うらやましいなあ。僕が彼らの存在を知ったのはキミぐらいの年のころでね、それからはたくさんの本を読んで勉強をしたものさ」

「なんのおべんきょうをしたの？」

「いろいろだよ。大人になったら彼らに会いに行こうと思ったから、外国語を学んだし、体力もつけないといけないなって思った。まあ、結局は行き倒れちゃったわけだけど」

「お医者さんは——」

「ユエルだよ。キミは？」

「ケイシー」

「そうか。猫妖精(ケット・シー)だなんて、素敵な名前だなあ」

朗らかに笑う医師に、ケイトリンも気をゆるめたらしい。メルヴィのスカートから手を離し、グリュンが乗る診察台へ近づいた。

「ユエルせんせい、グリュンを飼ってもへいき？」

「もちろんさ！　もしも心配事があったら、いつでもおいで。僕は彼ら専門のお医者さんだからね」


町の雑貨屋で首輪代わりにリボンを購入した。光の加減によっては緑がかって見える犬の体毛に合わせて、明るいライムグリーンを選んだのはメルヴィだ。彼女は併せて同色の細いリボンも購入する。そちらはレースがあしらわれた可愛らしいもの。

包装を断り、店員に何事かを頼むとケイトリンを手招いた。椅子に座らせると、きつく縛っていた髪をほどいて結い直す。

「ほら、グリュンとおそろい。とっても可愛いわ、ケイシー」

最後の仕上げに購入したレースのリボンを飾りつけ、鏡を合わせて後頭部を確認させる。

腕に抱えた仔犬へ結びつけたリボンと、鏡に映りこんだ自身の髪を何度も見比べ、ケイトリンはメルヴィを見上げた。わずかに頬が紅潮し、緑がかった瞳が輝く。

「……ありがとう」

「どういたしまして」

他人に素直に礼を言うケイトリンの姿にアダムは驚いた。嬉しそうな表情にしたって、ひさしぶりに見た気がする。とてもよい変化であるはずなのに、どこかおもしろくないような引っかかりを胸に感じるのは、その顔を向ける対象が自分ではないことなのだろう。

ケイトリンを引き取って、共に暮らすようになって二年ほど。ぎこちないなりに関係を築いてきたつもりだが、メルヴィはあっさりと自分を追い越して、ケイトリンのこころに寄り添ってしまった。同性ならではの距離感と言われてしまえば、白旗をあげるしかないが。

「アダムさま。寄り道をさせてしまって申し訳ありません。足は大丈夫ですか？」

「いや、これぐらいどうということはないし、ケイトリンにとって必要なことだ」

「せっかく町に下りたのですから、ポールさんにお土産を買って帰りましょうか。ついでになにかしら保存が効くものを買い足しておけば、料理人の方の手間もはぶけますし」

　言いながらメルヴィは店外に出ると、迷わず右へ足を向けた。ふたつめの角で脇道へ入る。細い路地を抜けると、食料品を扱う商店が現れた。

「こんな抜け道があったのか。よく知っていたな。ああ、さっきの店で訊いたのか」

「とても親切な店員さんでしたわね。グリュンを連れていても咎めませんでしたし」

「そうだな」

　メルヴィはテキパキと買い物を済ませる。こういった場で男の自分はまったくの役立たずだ。できることはせいぜい荷物持ち程度のこと。渋る彼女からなんとかその役目を奪い、別荘へ戻ったころにはもう日が暮れる時刻。セーデルホルムは、暗くなるのが中央と比べて随分早い。

　ここへきてはじめてといっていいほどの外出に疲れたのだろう。ケイトリンは夕食を終えるとうつらうつらとしはじめて、早々にベッドへ入った。リボンをつけた仔犬は、少女を護るように一緒に毛布へくるまっている。

「今日は助かった。君も早く休んでくれ」

メルヴィにも就寝を促す。

するとと彼女はなにやら思いつめた顔をして、伝えておかなければならないことがあると言った。

「不手際があったようには感じなかったが」

「グリュンのことですわ」

「犬がどうかしたのか。医者は問題ないと言っていたが」

「アダムさまは、あの獣医をどうお感じになられましたか？」

飄々として浮足立った、少々軽い印象は否めない医者だったが、ケイトリンへの接し方には嫌味なところがなかった。アダムにとってそれはとても重要な点のひとつだ。

「変わってはいたが、腕は良いのだろう。厩舎の者らも信を置いていた。君はそうではないのか？　そういえば先代の医師を知っていたようだが」

「ええ、まあ。ですが、あのユエルという医師も、フーゴ先生と同じようでしたから、安心しました。グリュンのようなものをきちんと診てくださる方がいて」

「あの医師も言っていたが、そんなに希少な犬なのか？」

「希少といえば希少ですわね。だってグリュンは妖精ですもの」

「……妖精？」

「グリュンだけではありません。この家には精霊たちがたくさんいます。中にはケイトリンに付いて都からやってきたものもいるみたいですわね。あの子を心配しているのでしょう」

「なんの話をしているんだ」

ケイトリンへ与えた絵本の話だろうか。幼年向けの物語には多く扱われる題材だ。

「物語の話ではありません。すべて現実にあるものです」

そう言ってメルヴィは訥々と語りはじめた。ケイトリンは妄想癖があるのではなく、通常のひとには見えない存在と会話をしているだけなのだと。幸いにも危険なものに接触した形跡はないけれど、やわらかい原石のような少女を狙う悪しき存在はこの先やってくることだろう。犬妖精（クー・シー）は番犬としてケイトリンを護ってくれる。だからできればずっと、傍に置いてあげてほしいのだと、言葉を結んだ。

セーデルホルムに精霊信仰があることは知っていたが、その存在を本当の意味で信じたことはなかった。まして、ケイトリンがずっと、ひとではないなにかを瞳に宿していたことなど、初耳である。

だが何故、そんなことがわかるのだろう。

アダムが問うと、メルヴィは榛色（はしばみ）の瞳を向け、うっすらと笑みを浮かべた。

「私も同じだからです」

「同じとは」

「言葉どおりですわ。私もまた子どものころから、ひとではないものを見ることができる人間なのです。だからあの子の気持ちがわかります。全部わかるだなんて言いませんけど、わかるつもりです」

どう言葉を返していいか迷うアダムに、メルヴィは微笑を浮かべた。

「いますぐ、すべてを信じていただけるとは思っておりません。ですが、ケイトリンの世界を否定しないであげてください。あの子には味方が必要ですわ」

04　アダムの悔恨

「メル、これはなんて書いてあるの？」

「ちょっと待ってね。マドレーヌができたところだから、お茶を飲みながら一緒に読みましょうか」

「グリュンにもあげていい？」

「あなたが食べるものを、すこしだけね」

はじめの刺々しさはどこへいったのか、ケイトリンは彼女に甘えるようになっていた。これまでのメイドたちにはない笑顔を向け、雛鳥のように後をついてまわるさまは微笑ましい。長い尾をゆっくりと左右に振る仔犬がさらに後を歩くのもまた、のどかな光景である。まったく、あの犬が妖精だとは信じられない。アダムは内心で息を吐く。

メルヴィが告げたことを信用していないわけではない。彼女がそんな嘘を言う必要はまったくないし、ケイトリンへ向ける優しさは偽りにも思えない。真実こころを砕いていることは、日々感じている。そうでなければ、少女があんなにもなつくわけがないのだから。

妖精、精霊。

人間ではない不思議な存在を感じ取り、瞳に宿すことができる稀有な才能。

ひとにはおそらく理解されにくい能力を持つふたりが出会った奇跡。

自分が見ているものと同じものを見て、聞いてくれるひとができたことが、ケイトリンはよほど嬉しかったのだろう。理解者を得たことで、あれほど不安定だった言動が驚くほど落ち着いた。

幼いケイトリンをずっと心配していたポールは、顔の皺をさらに深めてふたりを見守っているが、男所帯の仕事に身を置くアダムは、慣れぬ華やかな空気に戸惑うこともしばしば。それでも、仲睦まじいふたりのようすを見て、ひそかに安堵と感嘆の息を漏らす。

ケイトリンの父親であるレスターとは、士官学校で出会った。

それまで通っていたスクールは上流階級の子どもが多く在籍していたが、こちらは広く門戸を開いている学校。スペンサーの名はそれなりに知られており、アダムも注目を浴びた。どうしてスペンサー家の子どもが軍人を目指すのかと不審がられ、素直に親元にいればいいのにと爪弾き（つまはじき）にもされた。いままでとは違う意味で線引きをされたことにアダムは驚き、かといってへりくだることも歩み寄ることもしなかった。十代のころから、アダムは自分の信念に基づいて行動する男であったのだ。

親しい友人もなく、それでいて平気な顔をして生活するアダムは、当然のように遠巻きにされた。なにも感じていなかったわけではないのだが、こころを律しているうちに感情が表に出にくくなってしまったらしい。おかげでますます距離を置かれて、それならそれでいいかとアダムも頑なになった。べつに誰とも会話をする必要はないと割り切ったほど、頑固な生活を送りはじめた。教師はさぞかし困ったことだろうと、振り返って思う。

そんなアダムに唯一声をかけてきたのがレスターである。早くに両親を亡くし、祖父母に育てられたという彼は、勤勉で真面目な努力家だった。ケイトリンと同じ黒い髪。体の線は細く、見た目だけをいうなら軍人には向いていなかったけれど、強い志を持った男で、アダムは彼に好感を持ったことを憶えている。

誤解を生み易いアダムの理解者であり、家族以外でアダムのことを許容してくれたのは、後にも先にも彼だけだ。士官学校における一番の宝は、レスターという友人を得たことだと思っている。

そんな彼が、学校を卒業してすぐに結婚を決めたのは、家族に恵まれているとは言い難かったからだろう。祖父母も他界してひとりになったこともあり、兄姉がいるアダムのことをいつもうらやましそうにしていた。

レスターの妻カリンナは古くからある名家の娘だが、政治の世界で名を馳せたスペンサー家とは違い、家系図を繙けば貴族に連なる家柄。華やかな世界に身を置くカリンナの両親は、荒事の多い軍人を毛嫌いしているきらいがあった。

カリンナの家とアダムの家は仕事でつながりがあり、両親に連れられてあいさつをしたこともある。父の跡を継ぐべく邁進する兄と違い、体を使って治安を護るほうに興味があることをよく思っていないことは知れた。物騒だと感じていることも伝わってきた。そういった古い慣習に縛られた者は上流階級にたくさん存在したし、けれどアダムの志を家族は否定せず応援してくれたから、たいして気にもしていなかった。

カリンナはといえば、両親のような凝り固まった考えに染まってはおらず、年々といかつくなっていくアダムの体格にも嫌悪したようすもなく、むしろおもしろがっているように感じられた。自分とは違う世界に興味がある。そういった気持ちがあったようだ。

士官学校では寮住まいで、休みの日には友人同士で買い物に出ることもある。カリンナと出会ったのもそんなときだった。

レスターと町歩きをしているとき、たまたま出くわした彼女にあいさつをした。ただそれだけの些細な出会いで、ふたりは互いに興味を持った。身分などというものが廃れて久しい時代ではあるが、彼らには大きな隔たりがあった。

アダムは友人の気後れする気持ちを尊重したし、カリンナにも無理を強いたつもりもない。ふたりは時間をかけてゆっくりと近づいて、アダムはただ見守った。やがて結ばれたことをこころから祝福した。

しかしやはりカリンナの両親らは、なんの後ろ盾も持たないレスターを軽んじていたし、その手助けをしたということでアダムはあちらの家に疎まれている。子どもが産まれたことをレスターが報告したときも金の無心かと思われたらしく、関係改善を図るのはあきらめたようだ。

当時レスターから聞いた話では、ケイトリンは精神的に問題のある子どもだということだったが、メルヴィの言葉を聞いた今となっては、そうではなかったのだとわかる。

しかし上流社会に生きるお嬢様だったカリンナは、知ったところで娘に寄り添うことはなかったかもしれない。妖精や精霊といった風変わりなもの、自分の目で確認できない事象を信じることは難しいだろう。はじめての子どもで、両親にあまり歓迎されなかった結婚だ。頼るべき夫は忙しく働いていて、家を空けることも多い。彼女は疲弊し、精神を病み、やがて自死を選んだ。

元凶となったケイトリンは一旦カリンナの実家に引き取られたものの、やがてレスターが暮らす国軍官舎の前に置き去りにされた。あちらで暮らしているあいだになにかを言われたのか、そのころから名を呼ばれることを厭うようになり、さほど間をおかず、父親であるレスターが任務中に命を落とした。

レスターの葬儀は、軍が取り仕切った。唯一の血縁者は幼い子どもということもあり、直属の上司が進行役を務めた。彼の友人であり、ケイトリンと何度となく会ったことのあるアダムが守り役として少女の傍に付くことになったのは自然の流れだろう。同僚たちも皆、沈痛な面持ちで参列するなか、アダムの腰よりも低い位置にいるケイトリンはただ静かに佇んでいた。やがて囁くような声が聞こえた。

——やっぱりわたしは悪魔の子なんだ。

隣に立つアダムだからこそ聞こえた声だ。刹那、アダムの胸にさまざまなものが去来した。

子どもができたと嬉しそうに報告してきた友人の笑顔。幸せそうな夫婦の姿。うちの娘はすこし変わっているのかもしれないと小さな息を吐いた姿。妻が不安定になったとこぼした苦痛の表情。

カリンナを亡くしただけではなく、同時に子どもまで奪われてしまったと泣き崩れたとき。

その娘が官舎前へ置き去りにされていると聞き、早退して帰っていった後ろ姿。

これからは僕がケイトリンを幸せにしなければと気負っていた姿。

レスターがカリンナと交流を深めたのは、アダムを介してだ。罪悪感というのとは違うかもしれないが、それでも多少の責任があるような気がしていた。レスターに言うと怒るだろうが、アダムは彼らの友人として、ちからになりたいと思っていたのだ。まさか、これからというときに、こんな未来が訪れるだなんて。

自分ですらこうなのだ。次々に親を亡くした少女の気持ちは、どれほどのものだろう。義理とはいえ息子であるレスターの葬儀の場にすら訪れないカリンナの両親は、孫であるケイトリンにひとかけらの愛情もないというのか。

少女は「やっぱり」と言った。

それはつまり、同じ言葉を投げつけられたことがある表れ。

すべての感情が抜け落ちたような空虚な声色。親の庇護を必要とする年齢の子が出していいものではない。

身寄りのないレスターに代わって、己がケイトリンを育てようと決めた瞬間だった。衝動的に沸き起こった強い思い。激情。

元来、口数が多いとはいえないアダムは、非常に頑固でもある。

兄姉は結婚して、すでに子がある身。これ以上の負担はかけられない。その点、自分なら独り身だし、結婚相手もその予定もない。身軽だ。問題ない。

そう言って、強引に事を進めてしまった自覚はある。

あの日。レスターが命を落とすに至った任務に赴くのは、当初アダムの予定だったが、レスター本人の希望で変更された。危険度の低いもので、行き先もそう遠くない場所。子どものためにもそのほうがいいだろうと周囲の者も思ったし、アダムも同じように思った。こんなことになるだなんて、考えてもみなかった。

誰もなにも言わないけれど、アダムは悔いている。

任務に向かった背中を幾度となく夢に見た。僕がいないあいだ、ケイトリンを頼むと言った声が木霊しては、胸を掻きむしりたくなる。

レスターを失った者同士、傷の舐め合いをしているのだと言われてしまえばそうかもしれないが、それでも孤独な少女を放り出すことなどできなかったのだ。

日中は仕事があるため、ずっと付いているわけにはいかない。実家を離れて独り暮らしをしていたアダムは、子守としてカリンナと似た世代の女性を雇ったが、ケイトリンは誰にもなつかなかった。表情を硬くして距離を取っていた。

両親を続けて亡くしたという事情は伝えてあったため、ケイトリンの頑なさについて苦言を呈されたことはなかった。問題があったのは、それ以外のことだ。

女性たちはアダムが名家の次男で独身だと知ると、己を妻にしないかと言い寄ってくるようになったのだ。家に女の気配はないし、子守を雇う経済力も持っている。年頃の女性にとって、それは良い条件になりうることは、アダムにも想像はついた。

しかしながら、雇っているあいだでさえケイトリンとなじめなかった彼女たちが、どうして母になれるというのか。私室の寝台に皺が寄り、香水の匂いが残っていたときは吐き気がして、若い女性を雇うのをやめることにしたのは言うまでもない。

冬期休暇にあたり手配されたメイドのメルヴィは、その年齢にそぐわない経歴の持ち主である。いくつもの仕事をこなし、けれど一所に長居しない主義らしい。ならばきっと割り切った仕事をしてくれるだろう。以前の子守たちのようなことにはならないはず。

そう判断し、アダムは彼女を受け入れることを決めた。

メルヴィを紹介してくれたのは、軍の情報局に所属する事務官、コルト・パーマーという男である。

国の最高司法官であるオズワルド・パーマーの養子として、やっかみとともに知られているが、その立場は彼自身の仕事ぶりによって認められている。独自の情報網でも隠し持っているのか、被疑者を自白させる手腕には一目を置く。それはまるでひとのこころを読んでいるかのようで、地獄耳のパーマーとして恐れられているところだ。

こちらが一方的に名を知っている程度。深い付き合いがあるわけではなかった彼に声をかけられたのは、休暇に入ることを決めたとき。休暇申請書を提出に行った際に声をかけられ、直接紹介された。

これまでの経緯からはじめは渋ったアダムだが、ケイトリンのことを引き合いに出されては断りづらい。ここにいれば実家を頼ることもできるが、遠く離れた場所でケイトリンの世話をじゅうぶんにおこなえるかといわれたら、強く頷けないところ。いまでも手がまわっていない自覚はある。

黙りこんだアダムを見て、コルト・パーマーは人好きのする笑みを浮かべた。「彼女はお役に立つと思いますよ」と推されたとおり、メルヴィは有能さを発揮している。

率先してなんでもやりたがるところはあるが、基本的にはポールの差配に従い、彼の意に反することはしない。

老齢の執事と足を負傷した男が過ごす家は、一日ごとに薄汚れていく。手配した通いの料理人も男性だし、なによりキッチン以外は職務の範疇外。こんなことなら掃除婦も手配しておくべきだったかと後悔したぐらいだ。

しかしメルヴィの存在がそれを覆した。家の中が明るくなったような気がするのは、掃除が行き届いていなかっただけではないのだろう。

彼女の朗らかな声は、家の空気そのものを変えた。

その変化は決して嫌なものではないと、いつしか感じるようになっていった。

05　朝の風景

メルヴィの仕事は、早朝、家の中に火を入れていくことから始まる。

与えられた部屋から廊下へ出ると、しんと静まった屋内のどこからか、チリチリとした音が聞こえはじめる。ひとの耳には聞こえないであろうそれは、精霊の囁き声。メルヴィにとって朝の訪れを知らせるのは、鳥の声ではなく彼らの囁きだ。

天気や気温、家の中の不具合。そういったことを耳に入れながらキッチンへ。まずはここを温める。邸にとって最初で最後、要(かなめ)となる炎だ。そのあとはリビングへ向かい、暖炉に火を入れて、起きてきた家人が寛ぐための空間を作りあげていく。

どこの、どんな家に勤めても、やることは同じ。大きな御邸となれば、それ専用の使用人がいたりもするので絶対というわけではないけれど、メルヴィは率先してその仕事をおこなっている。

朝の空気が好きだった。

闇に向かう夜よりも、これから光に満ちていく朝のほうがずっと気持ちがいい。

人間を異界に連れていく悪い精霊も朝の光が弱点。

太陽の光は邪を払ってくれるから、メルヴィはできるだけ朝一番の光を体へ取り込むようにしていた。子どものころから心がけている、大切な教えだ。

この家のキッチンは、一般的な家よりも大きく作られていると思う。半分は調理場。荷物を置くための細長い机を挟んで、四人掛けのテーブルがある。通常、食事をとるための部屋は別に設けられるものだが、この家はそうではないのだ。作ったものを部屋の反対側へ運んで、すぐに食べられるような造りになっている。

もっとも今はあまり使われていないのだろう。通いでやってくる料理人デニスが休憩をするためのスペース、といったところか。テーブル中央に畳まれたナプキンがあり、その上にファンシーな柄のカップが伏せられている。女の子が好みそうなそれの持ち主がデニスであることは、ここへ来た翌日に知った。

デニスはセーデルホルムでは見慣れない浅黒い肌の黒髪の強面だった。外国からの移民三世で、そちらの血が強く出た影響らしい。

大柄で険しい顔つき。軍人のアダムと遜色ない体格の持ち主で、メルヴィは、てっきり彼の知人が訪ねてきたのだと思ってしまったものだ。

ここからもうすこし南下したところに国内随一の避暑地があるのだが、本来の職務はそちら。冬の時期は閑散としており、雇われ従業員は拘束されず、他所へ仕事を探しにいくことを認められている。デニスの妻がセーデルホルム出身で、ちょうど求人もあったことだし、短期の仕事として料理人を引き受けたのだと聞いた。カップは九歳の子どもからのプレゼントなのだとか。なるほど、それは大事に使うに違いないと、メルヴィは小さく笑ったものである。

（うん、ケイトリンを気にかけてくれるひとがいるのは、とってもいいことだわ）

見かけのわりにといっては失礼だが、気の優しい男だ。似た年齢の女の子がいるせいなのか、ケイトリンを気遣うようすが見てとれる。それは瓶詰のキャンディーや、手製の焼き菓子が常備されていることからあきらか。

彼が請け負っているのは、昼食の提供と夕食の準備。そこに茶菓子やデザートは含まれていない。にもかかわらず、昼食には必ずといっていいほどデザートがひとり分ついてくる。

子どもでも食べられそうなメニューが考えられており、準備されている夕食を温めて提供する役目を請け負ったメルヴィは感心しきりである。今後に役立つ、良い勉強をさせてもらっていると思う。

ぐるりと家の中を一周しながら妖精たちの声を聴く。

屋内にいる者は警戒心と縄張り意識が強い。強い気を持つ精霊が侵入してくることをひどく恐れているので、メルヴィは彼らが入ってこられないように、窓や扉の隙間にそっとまじないをかけていくのだ。

仕事を始めてそろそろ一週間。毎日の積み重ねにより、緩んでいた結界は強まったと思う。それはメルヴィのコツコツとしたふるまいだけではなく、グリュンの存在も大きいような気がしている。

トスッと軽い音がしたと同時に、スカートの裾をなにかが揺らした。

「あら、おはようグリュン」

「………」

犬妖精は、それとわかる言語を発しないけれど、感情は伝わってくる。最優先はケイトリンだが、メルヴィのことも許容してくれているのは嬉しいことだ。アダムに対しては若干不信感を抱いているようだが、ポールには同族意識のような協調性に似たオーラを発しているのもおもしろい。

なお、料理人に対しては最上級の敬意を抱いている。なんといってもご飯をくれるひとだ。そんなところは、本当の犬みたいで笑ってしまう。

いつのまにか現れたグリュンは、メルヴィが声をかけると無言でくちからなにかを吐き出し、前足でトストスと叩く。しゃがみこんで確認すると、コウモリのような黒い羽根をつけた小さな精霊の姿があった。

大きさはメルヴィの親指ほど。体がわずかに上下していることから、息絶えたわけではないことは知れた。

「ケイトリンのベッドへ来たの？」

　ふさふさの尾を不機嫌そうに揺らし、グリュンはひとつ大きな鼻息を吐く。

「そう。わかったわ、ありがとう。この子は私が説得しておくから、ケイトリンの傍にいてあげてちょうだい。起きるにはまだすこし早いから」

「…………」

　頭を撫でて声をかけると、一歩こちらに近づいてメルヴィの頬を舐める。了承したとばかりに踵を返し、廊下の角を曲がっていく。

　部屋まで送る必要はない。彼らはわずかな隙間から出入り可能なのだから。

「さて、気絶したフリはもういいわ。さっさと起きなさい、ジッベ」

「なんだい、気づいてやがったのか」

　グリュンの気配が去ったとたん、ひょいと起き上がって羽根を広げる精霊を見て、メルヴィはあきれながらもくちを開く。

「ケイトリンに余計な夢は見せないであげて。あの子はまだ、こちらの世界に慣れていないのよ」

「だからだろ。流儀を教えてやんなきゃな」

「あの子はここに住むわけではないの、ほんの一か月だけの滞在よ」

「おまえもか？」

「ええ、そうよ」

「なんだ、ひさしぶりに遊んでやろうと思ったのに。つまらん」

「あなたの『遊び』は過激すぎるの。夢の中でまで疲れたくないわ。遠慮してちょうだい」

「けっ。夢魔に夢を見せるな、なんて。存在否定もいいところだ！」

ふんぞり返ってそっぽを向く姿は、背丈どおり小さな子どもじみているが、ジッペは夢を司る精霊だ。夢魔にも種類があって、位の高いナイトメアは悪魔の部類になる。下位のジッペなぞ可愛いものだった。

彼の見せる夢は異界が中心だ。

精霊の姿を見る者は希少なので、なんとか自分たちの仲間にしようとしてくるのか、精霊の世界を見せて誘いをかけてくる。

おいで、おいで、こっちの世界へ。いっしょにあそぼう。

人間の世界になじめない子どもにとって、それは魅惑の誘いにつながる。そのまま目覚めないことだって起こりうるのだ。

きちんと対処すれば帰ってこられるけれど、ケイトリンにはまだ教えていない。夢の世界に逃げこんでしまうタイプの子ではないと思うけれど、内面の、奥底に沈む思いまではわからない。ケイトリンにはまだ抱えているものがありそうだった。無理に暴こうとは思っていないけれど、傍にいられるあいだに、すこしでも軽くしてあげられたらいいなと思っている。

「朝露を浴びたくなければ、早く帰りなさい。タダとはいわない。ラベンダーの種をひとつあげる」

「いいだろう」

取引成立。

種を大事そうに腕に抱えて、ジッペは床に埋没するように消えた。夜に属する精霊は総じて朝の光が苦手なため、昼のあいだは地面の下にいることが多いのだ。その代わり、光を好む精霊たちが徐々に目覚めはじめる。朝の精霊たちは静かだが、すこしずつ活発になってくるのも楽しい。今日も一日、彼らと良い関係が築けますように。

「なにをしている」

ジッペが消えたあとも腰を落としたままだったメルヴィを不審に思ったのか、背後から声がかかる。重々しいそれの持ち主はアダム。あわてて立ち上がり、礼を執った。

「おはようございます」

「なにをしていたのかと訊いている」

「ハンカチを落としてしまいまして。そのついでにゴミを拾っていただけですわ」

「そうか」

「暖炉に火は入れてあります。朝食前になにかお飲みになられますか？」

「いや」

「承知しました」

平静を保って対応すると、メルヴィは再度一礼してキッチンへ向かう。背後から突き刺さるような視線を感じるが、うつむかずまっすぐに前を向いてゆっくり進む。

（あやしまれたかしら……）

メルヴィは雇われて間もない、ここへ来るまで顔も合わせたことがないような人物である。スペンサーといえば政治の世界では名の知れた家で、アダム自身が政局に身を置いていないとはいえ、家の名は背負っている。危害を加えようと考える存在がメルヴィを派遣してきた可能性はゼロではない。軍を通しての紹介とはいえ面通しをしたわけではないのだから、今ここにいるメルヴィが、本当に本物の「メルヴィ」だとは断定できないだろう。

たとえば床になんらかの細工をしていた可能性。

普段ならばともかく、足を負傷しているアダムはうまくかわせないかもしれない。

メルヴィがそういった行動をしているのではないかと疑われたとしても、潔白の証明は難しい。

だから気をつけなければならないのだ。ケイトリンの特異性を告げるにあたり秘密をひとつ打ち明けたけれど、本来であるならば周囲に気を配り、他者がいるところでは視線を向けない。よほど危険がないかぎりは、彼らが人間に仕掛けるイタズラと、それによって引き起こされる結果は、日常で起こる不注意の範疇として流す。

それはメイドとして働きはじめて、身にしみた経験談。

危険であることをわかっていて見逃すのは心苦しい。咄嗟に助けようとしてしまいがちだ。それが『見える』者の務めであるように思うけれど、ひとの世界は非なるものに厳しいのも事実。

だからこっそり対処するようにしているけれど、うっかり見られて咎められたりもして、魔女だと誹られて恐れられたりもして。

国の中心に近づけば近づくほど、不思議なものを排除する傾向が強い。わかりやすい肩書や名誉を重んじて、自然や大気に息づく大いなる存在をすっかり忘れてしまったらしい。

まじないは、誰もが普通におこなっていたこと。

迷信として残っているそれらは、魔女の知恵の名残。

だからメルヴィは、若いくせに古臭い迷信を律儀に守っているとよく言われてきた。両親はなく祖母に育てられたのだといえば、たいていのひとには納得される。事実はすこし異なるけれど、そういうことにしてある。

（……でもアダムさま、嘘だとは言わなかったのよね）

じつはすこし意外だった。頭のかたい現実主義者なのだという印象が強かったから。

厄介なメイドを雇ってしまったと思われる覚悟で臨んだが、アダムはメルヴィを頭ごなしに否定はしなかった。彼の内心はわからないけれど、立ち上がるオーラは戸惑いの色だった。あきれても怒りでもない、ただ困惑している、そんなようす。

その場で叩き出されても仕方がないと思っていたのに、次の日も彼はメルヴィを追い払う言葉は吐かなかったし、こうして仕事も続けられている。今朝のように疑うような眼差しを向けられることは多いけれど、解雇されないのならば許容範囲だ。

ケイトリンが精神面でなんらかの傷を負っていることはたしかだろうけれど、いままでの言動は単に癇癪を起こして当たり散らしているわけではなかったのだと、親代わりであるアダムが認識を改めてくれるなら、明かした甲斐もあったというもの。

キッチンへ戻ると、赤々と燃える暖炉へ香草をひとつまみ。わずかに色味を変えた炎を使って、朝食を温めはじめた。

なんということもない、おまじない。火の精への協力依頼だ。

今日も美味しいごはんをよろしくね。

スライスしたパンを火の近くで温めながら、昨晩の残りを使って一食作る。マッシュしたポテトに刻んだハムを混ぜて、すこしのスパイスを加えてバターを落としてなめらかなくちあたりに。本日のパンの付け合わせだ。あまっている腸詰めは乱切りにしてビーンズと煮込んでスープに。これは皆が食卓へついてから運ぶ。

スペンサー家に長く勤めるポールはともかく、メルヴィは本来ならば食事を共にする関係にはない。三人が済んだあとにキッチンで食べていたが、ケイトリンとの仲が縮まってからは、少女に乞われて同じテーブルへ着くようになってしまった。

なんだかこそばゆい時間だ。家族の団欒は外から眺めるものであって、そのなかに属することは久しくなかったから。

「おはようございます、メルヴィ嬢。今日も良い匂いがいたしますね」

「ポールさん」

「そちら、運んでもよろしいですか」

「はい、お願いします。私はケイトリンを見てきます」

メルヴィが到着するまで、朝食の支度はポールの仕事だったらしい。作ってくださっているのですから、給仕の手伝いぐらいさせてくださいと言われて、お言葉に甘えることにしている。はじめは固辞したが、ケイトリンを引き合いに出されてしまった。小さいとはいえレディの寝室に男性が行くのは忍びない、女性のあなたにお願いしてよろしいですか、と。

ずるい、うまい。

勝てないなあとメルヴィは顔の下で苦笑して、ケイトリンの目覚まし係を拝命したのである。

06　使用人の仕事

朝食が終わってしばらくすると、雇われ料理人であるデニスが荷車を引いてやってくる。街中はともかくとして、ひとの往来が少ない丘の家は雪に閉ざされる可能性が高い。いざというときのため、ある程度保存が効くものを常備しておく必要があるのだ。その他、注文していたものをついでに運んでくれているという。

荷を下ろしたあとは、備蓄食材についてすり合わせ。彼が予定している献立を崩さないよう、使っても問題がないものを確認しておき、メルヴィは朝食を作ることにしている。

「サーモンは今朝使い切りました。作ったマリネがすこしだけ残ってますけど、アレンジして使われますか？」

「いや、俺が食べる。かまわないか？」

「プロの方のおくち汚しにならなければいいのですが……」

「あんただってプロだろう。食事の支度も仕事のひとつだって、言ってたじゃないか」

「その道の専門家と一緒にしないでいただきたいわ」

言ってメルヴィがくちを尖らせると笑われた。

いかつい顔をしているが、彼の声は思いのほか朗らかだ。顔が怖いと言われるぶん、話し方に気を配っているのだと、はじめにあいさつをしたときに言っていた。料理人はあまり表に出る仕事ではないけれど、客商売ではある。ひとつの別荘でワンシーズンずっとお抱え仕事を請け負うこともあるため、雇い主に良い印象を抱かせる営業努力だろう。

夕食のメニューにおける仕上げの工程について、指示とアドバイスを受けている最中、廊下から足音が聞こえた。ゆっくりとした重い音はアダムのものに違いない。声をかけられる前に振り向くと、ちょうどキッチンへ半身を覗かせた彼と目が合った。灰青の瞳が自分とデニスのあいだを行き来したあと、眉根が寄る。

「スペンサーさん、ちょうどいいところに来てくださった。頼まれていた品を持ってきたんですが、下ろす前に確認していただけますか」

「ああ」

ちろりとメルヴィを一瞥すると、そのままキッチン脇の扉をくぐって外へ出ていく。庭に停めてある荷車を確認に行くのだろう。ひりつくような気配が去って、メルヴィは肩を落とす。慣れてきたとはいえ、あの眼差しはまだ緊張する。

アダムやポールがいる前でもケイトリンには都度対処の仕方を教えているのだが、常人には奇異に映るはず。しかし彼らはケイトリンをこころから思っているからこそ、なにも言わず見守ってくれている。すべては少女のためなのだ。

ちからの制御について、他人に教えるのはじつはメルヴィにとってはじめての経験。自分なぞが師でよいのだろうかという不安があるからこそ、アダムの目が怖いのだろう。信用に足る仕事ができているのか。彼の目が、存在が、気になって仕方がない。精霊が見えるメルヴィを否定しなかったひとはひさしぶりで、そんなひとに距離を取られたくないという気持ちが湧いているらしい。

（自分を良く見せようだなんて欲張りなこと、やりすぎたら逆に嫌われるだけよね。……まあ、べつに嫌われたからどうってわけでもないのだけれど。一か月だし）

冬の休暇期間だけの雇われ仕事だ。

普段なら、一か月程度の仕事ならば家人に深入りはせず、ただ黙々と課せられたことをこなすだけである。

でもこの仕事は違う。ケイトリンというまだ幼い同朋がいる。指針を持たずに闇雲に進んで転び、涙を見せずに立ち上がって前を向く姿は年齢以上に大人びていて、ほんのわずかでも肩のちからを抜く手伝いがしたい。自分が救われたように、少女にも救いを与えてあげたい。傲慢な考え方かもしれないけれど。

家の掃除はほどほどに。ひっきりなしに来客が訪れるわけでもない療養目的の別荘だ。美しく磨き上げる必要はないとポールに言われている。

メルヴィに求められているのは、どちらかといえばケイトリンの世話のほう。食事にしろ身の回りの世話にしろ、大人の男性はひとりでどうとでもなることも、子どもは満足にこなせない。

女性の手がないこともあっただろう。ケイトリンの身なりは、清潔ではあるけれど、女の子としてはすこしさみしい雰囲気があった。洋服に着られているような、といえばいいだろうか。あるものを着ているかんじ。

髪も自分でなんとか整えていたのか、一筋こぼれていたり、飛び出していたり。自分でも気にしていたのだろう。メルヴィが梳いて、結び直してあげると、ホッとしたようすで頬をゆるめていた。

とはいえ、こればかりはアダムを責めるわけにはいかない。武骨な男性に女児の髪を結ってやれというのも酷である。

服装が似合ったものになり、妖精が見えるのは自分だけではないのだとわかり、ケイトリンの雰囲気は変わった。メルヴィを慕い、あれこれ質問をしてくるようになった。本来の彼女は、こういった性格なのだろう。学ぶ意欲があるのは良いことだ。

メルヴィは日常の範囲での掃除をしながら、ケイトリンには家の中に施す対策を教えることにした。

実際、仕事をしながら勤め先の家にこっそり仕掛けを施してきたのだ。あやしまれないように自然におこなえる良い手段だと思っている。

「玄関は守りの要ね。家のひとが入るとき、悪い精霊も一緒に入ってくる可能性があるわ」

「さっき窓にやったのとおなじことをしてもダメなの？」

「駄目というわけではないわ。もちろん大事だからやっておいたほうがいい。だけど玄関はその家に住むひとにとって『入口』だから、感覚的に招き入れてしまうのよ」

扉の形をした物のなかでも玄関はとくに厄介だ。自分にとってのホームであるがゆえに、取りついている悪しき者も一緒に屋内へ入ってしまう可能性が非常に高い。窓を見ても、そこから家に入ろうだなんて誰も思わないけれど、玄関扉は違う。無意識化の感情を利用して、精霊たちは侵入してくる。

「家の門に植物を這わせたりするのも対策のひとつね。あれは結界にもなるから」

「けっかい？」

「見えない壁のようなものよ。本当にすべてを覆いつくすような壁を作るのは難しいから、入口になりそうなところへ精霊が苦手なものを置いて、近づいてこないようにするの。簡易的な結界ね」

ぐるりと家の中をまわったあと、最後に訪れたのはリビングルーム。庭へつながる扉を開いて外へ出たあと、あらかじめ見つけておいた小石を手に取った。

ベランダの四隅に石を置いて、乾燥した花びらを砕いたものを振りかける。次に、小石のあいだをつなぐように灰で線を引いていく。

玄関以外で一番大きな扉は、リビングのそれだ。妖精たちが多く暮らす庭とはきちんと線引きをしておかないと、彼らは勝手に入ってきてしまう。普段はひとが暮らしていないから、この家の中は彼らにとっても遊び場になっていることだろう。今は駄目なのだと区切っておかないと、やがて大変なことになってしまうのは想像に難くない。

メルヴィのやることを興味深そうに眺めていたケイトリンだったが、やがてきょろりと周囲を見渡しはじめる。不思議そうな表情を浮かべ、灰緑の瞳が透き通った新緑色にふわりと変化した。

(この子は本当に鋭いわ。こんなにもすぐ『わかる』だなんて)

簡易結界を張り終えた途端、漂う精霊の数が激減した。そのかすかな違いに少女は気づいたらしい。

数多の精霊のなかでも末端の――名もつかず、姿もおぼつかないぐらいの精霊は、軽い結界で姿を消す。ただ大気中に漂っているだけの彼らまで感じ取っていると、感覚が鋭敏になりすぎて疲弊するのだ。遮断の仕方を知らないケイトリンは、かなり体力を奪われていたはず。別荘に来てからは早く寝るようになったとポールが言っていたのは、その影響だと思えたからこその結界。

「ねえ、メル。これはなあに？」

「邪を退けるおまじないよ。小さな精霊がいなくなったでしょう？」

「あの、シャラシャラいってるやつ？」

「あなたには、そんなふうに聞こえるのね」

「ちがうの……？」

途端、ケイトリンは泣きそうな顔になってうつむく。メルヴィはあわてて少女の肩に手を置いた。

「違わない。違うなんてことは、ひとつもありはしないわ。精霊の感知の仕方はひとによってさまざま。あなたには、あなたなりの見え方や聞こえ方がある。それだけよ」

「メルは？」

「いろいろね。ケイシーみたいに鈴の音に似たものが聞こえるときもあれば、耳障りな音がすることもある」

「みみざわりって、どんなの？」

「鍋の底をお玉でカンカン叩いて、『オレの声を聞けー！』って耳元で怒鳴ってるみたいなかんじ。うるさいったらないわ」

わざとらしく眉をひそめてみせると、ケイトリンは大きく笑った。その明るい表情は出会ってからはじめて見るもので、メルヴィも晴れやかな気持ちになった。

◇

メルヴィが驚いたことのひとつは、郵便物の多さにある。これまでにも別荘地に付き添う仕事を受けたことがあるが、そのときの主が言っていたのは、「避暑に来ているのにどうして仕事をしなければならないのか」であった。都会の喧騒を逃れゆっくりするための休暇中に、他者から介入を受けたくないということだ。

アダムは体を負傷しての療養休暇。にもかかわらず、毎日のように封書が届くのはいかがなものか。

軍から届く手紙だけでなく、諸外国からのものも多いことにも驚かされた。見慣れない切手は目を引いて、いけないと思いつつもしげしげと眺めてしまう。

だいたいのものはポールへ渡すが、ふたりともが書斎へ籠もっているときはメルヴィが受け取って、彼らのもとへ運ぶことになる。そのついでに飲み物を持っていくことも増えた。アダムが意外と菓子を好むことも知った。その日、給仕の最中に聞こえた会話がもどかしく、差し出がましいと思いつつも声をかけることにしたのは、彼らとの距離が縮まったような気がしたせいだろう。

「その手紙を書かれた方は、もしやウムリスのご出身ではありませんか？」

「なぜそう思う」

「不躾で申し訳ありません。さきほどおっしゃられた羊の話。あれはおそらく言葉遊びではないかと思ったのです」

アダムが低く問い、メルヴィは怯みつつも答えを返す。するとあいだを取り持つようにポールが割って入った。

「メルヴィ嬢、お聞かせいただけますか？」

「はい。眠れない夜に羊を数えさせる、子どもへの寝かしつけがあります。その行為と睡眠に因果関係はありませんけれど、数字を覚えたり、余計なことに思考を割かない、集中させる目的なのだと思っています」

「ええ、それで」

「言ってみれば子どもだましで。大人になってしまえば、羊そのものに付随するあれこれを考えてしまうでしょう。羊がいる場所はどこだろう、時期によっては毛を刈るかもしれない、羊毛の価値や加工方法、商品化、流通経路」

「ウムリスは羊毛を使った製品が有名だったか……」

「それだけではなく、食用に特化した羊だっているのでしょうし、そういったあれこれを思いついてしまう。羊を絡めた言葉はたくさんありますが、どれも基本は同じです。ただ単純に羊を数えていたころには戻れないという、ウムリスの方がよく使うジョークなのです」

「……君の言うとおり、氏はウムリスの方だ。ここ数年、トラン国内での販路拡大を狙っていると噂の新興商会の会長でもあられる」

渋面をつくりアダムが頷き、ポールが朗らかな笑みを浮かべて手を打った。

「なるほど、そうでございましたか」

「つまり今回の『羊を追うには元手がかかる』というのは、遠回しに賄賂を要求しているわけではないと」

「はい。その、おそらく、ですが……」

「かまわない。なにかあるならば言ってくれ」

「その会長さまが高齢の方だとしたら、お試しになられている可能性もあります。挨拶状としてたくさんの家に送って、反応を見ていらっしゃるのではないでしょうか」

事業を展開するにあたり、手を組む相手を見極めている。

額面どおりに受け取って金品を用意するのであれば、それはそれ。危うい相手として遠ざけられるし、あるいは弱みを握っておこうという考えもあるのかもしれない。

「なかなか喰えない御仁だと財政界でも評判ですが、お噂どおりの方というわけでしょう」

「父や兄ならともかく、俺にまで送ってくる理由はなんだ」

「さて。それこそ手当たり次第といったところなのではありませんか？」

ポールとアダムの会話に、メルヴィはこころのうちでこっそりと呟く。

（アダムさまが独身だからではないかしら。縁をつなげようとしたら、それが一番手っ取り早いもの）

トラン国内に拠点を構えるとしたら、中央都市トランシヴァルを選ぶはずだ。上位層で未婚者がいる家をリストアップした結果、アダムが該当した可能性はゼロではない。ウムリスから来た客の通訳を兼ねた仕事をしたとき、招かれた晩餐会ではそんな話題にあふれていたものだ。

ぼんやりと考えていると、アダムが不思議そうに問いかけてきた。

「君はどうしてウムリスについてくわしい」

「以前、ウムリスから訪れたご夫妻の下で、仕事を請け負ったことがあるのです」

「奥方の世話か」

「それと通訳を」

「ウムリス語ができるのか」

「はい」

するとアダムは書斎の机に積まれた紙の山を探り、一枚の紙をメルヴィへ差し出した。

「これを読むことはできるか」

「かなり癖が強い字ですが、なんとか。ウムリスのなかでも地方の言葉でしょうか。語尾が特徴的です。あの、もしよろしければ清書いたしましょうか」

「――いいのか」

「それを訊くのはこちらですわ。部外者の私が読んでも差し支えない内容かどうか、それこそ文章を読まないと判断がつきません」

「問題ないのではありませんか？　その方はジェフリーさまの知己。坊ちゃまがセーデルホルムの家で療養すると知って、手紙を送ってきたようですし」

ジェフリーというのはアダムの祖父だったか。ならば、余計に遠慮するべきではないだろうか。プライベートにかかわることへ踏みこむべきではない。

メルヴィがそう言って遠慮すると、アダムは頭を振った。

「かまわない。久しく会っていないからこそ、なにを言ってきたのか余計に気になる」

「承知しました」

「ではメルヴィ嬢。こちらの机をお使いください」

町で用事を済ませてくると出かけたポールを見送り、アダムとともに書斎に残された。しんと静まった室内に響くのは、暖炉の傍で踊る火の精霊の声。気づまりな空気に押されながら、メルヴィはペンを取った。

07 メルヴィの過去

トラン国内で使われているのは、エニス大陸における共通語として多数の国で使用されているエニス語だ。隣接する国でエニス語を使用しないのは、北に広がる山を越えた向こう側にある小国ケランのみ。日常の暮らしでエニス語以外を耳にする機会は少ないため、複数の言語を知る者は少数だ。

そのなかにあってメルヴィは、五か国の言葉を扱えた。

エニス語、ウムリス語、エスピリア語、ケラン語、マヤラ語。

メイドの仕事をするにあたり、それは武器になるものだと言われたことがキッカケではあるが、単純に「知る」ことが楽しかったこともあった。

妖精たちのなかにときおり現れる『古代精霊』と呼ばれる存在は、不思議な言語を話す。どうやらそれは滅びた国の言葉で、今でいうところのマヤラ語の基礎となったものと知り、彼らの言葉をもっと理解できるのではとマヤラ語を学んだのだ。

これに関しては完全な趣味。マヤラに住むひとと実際に話した経験はなく、古代精霊の声を聴くほうが多いので、実際のマヤラ人と会話が成立するかはあやしいと考えている。

アダムのもとに届く封書は基本的にエニス語だが、次に多いのがエスピリア語。海を越えた向こうにある大陸の共通語であるため、要人の多くは話すことができるし、軍人も国に仕える者として学ぶことが義務づけられていたはずだ。

この世界では、エニス語とエスピリア語が使えたら、どこへ行っても言葉に困ることはないとされている。

ポールは名家に長く勤める執事だけあって、エスピリア語を解する。

手紙の仕分けは主にポールが担っていたようだが、メルヴィはそれらも含めて仕事を請け負うことにした。彼の負担がすこしでも減るのであればそれに越したことはない。

これは休暇。ポールだって休んでいい。そのために自分は雇われたのだから。

それからは、ひととおりの家事が落ち着いたあと、アダムとともに書斎で過ごすようになった。

会話はないに等しいが、彼がまとっているオーラは思いのほか穏やかだったのは意外だ。感情が見えない灰青の瞳を向けられると緊張するけれど、それはメルヴィが気負っていただけなのかもしれないと、考えを改めた。

思えば最初の出会いがよくなかったのだ。ケイトリンを頭ごなしに否定する姿につい苛立ってしまった。まったくもって大人げないと反省する。

こころを乱してはいけない。

悪い存在に引っ張られてしまう。

ここはセーデルホルム。精霊の存在が、他所よりも近い場所。

――良いことを考えなさい、メルヴィ。そうすることで、隣人たちはあなたを助けてくれるから。

（うん、わかってる。おばあちゃん）

瞳を閉じて、呼吸を整える。

瞼(まぶた)の裏に現れるのは、メルヴィにとって大切なひと。彼女のことを思い出す機会が増えた理由は、ここへ帰ってきたからだろう。

セーデルホルムは、メルヴィが子どものころに過ごした場所だ。ひとではない者を見て、他人の内なる声が聞こえてしまう子どもだったメルヴィは、五歳のころ教会前に捨てられた。

両親の顔はあまり憶えていない。ただ「おまえはいらない」と突き飛ばされて冷たい塀で背中を打ち、雪が積もり始めるなか、目の前で馬車が走り去ったことだけは記憶に残っている。

教会はメルヴィをあたたかく迎えてくれた。

そこは多くの子どもたちを受け入れている場所で、親を亡くした子やなんらかの事情があって預けられる子など、似た境遇の子どもが暮らしていたのだ。両親はそれを知って、メルヴィを置いていったのだろう。

教会ではどんなふうに過ごしていたのか判然としない。個人のための部屋など当然存在しないので、大きな部屋でたくさんの子と一緒にいたはずだけど、特定の誰かと交流をした記憶がなかった。

メルヴィにかぎったことではなく、こころを閉ざして会話をしない子どもは少なくない。逆に乱暴で手がつけられない子もいたように思う。どちらにせよ、教会の思い出は多くない。

教会といえば神に祈りを捧げる神聖な場所という認識だったが、存在したのは悪戯好きな妖精ばかり。絵本で見たような女神さまの姿はなくて、メルヴィは彼らから逃げまわったものだ。

なにもない場所を怖がったり、なにもない空間に目を向けて声を発したりするメルヴィを、周囲の子どもたちは気味悪がった。奇異な目には慣れていたし、おかしな子だと囁く『声』もいつものこと。

けれど、教会の妖精はメルヴィにそれらを誇張して伝えてきた。

これまでよりもはっきりと、大きく。

耳を塞いでも目を閉じても、メルヴィを蔑む声が頭の中に飛び込んできて、ぐちゃぐちゃに掻きまわすのだ。

日に日に顔色を悪くして、壁際でうずくまり頭を抱えている姿を見て思うところがあったのか。メルヴィの特異性に気づいたシスターにより、別の人物の手に委ねられることとなる。

それが、丘の上に住んでいる高齢の女性。魔女の名で親しまれているロサだったのだ。

メルヴィはロサに出会って救われた。

隣人(ようせい)たちとの付き合い方を教えてくれたのも、勝手に聞こえてしまう『声』を遮断する方法も、すべてロサから教わった。

ロサ自身は、他者の内なる声を聞くちからを持っているわけではなかったけれど、気持ちを制御する方法には長けていた。

気の持ちようって言葉があるのを知っている？

誰だって嬉しいとき、哀しいとき、怒りを抱いてしまうときがある。けれど、それを他者にぶつけるひとはわずか。

自分のこころを知っているのは自分だけ。あなたのこころを知っているのは、あなただけよメルヴィ。

あなたの内側に触れられるのは、あなたしかいない。

見えない目で見て、見えない耳で聞いてしまうのであれば、その目と耳を塞いでしまいましょう。

どうやって？

そうね、まずはこうしてみましょう。


ロサはメルヴィの小さな耳を、彼女自身の手を使って実際に塞いだ。すこしかさついた、けれどあたたかい感触にメルヴィはびくりと震える。

その震えを感じ取ったロサは次にメルヴィを抱き寄せた。腕の中に抱きこまれて、メルヴィの顔はロサの胸に包まれる。いつもは目を閉じても妖精たちが見せる景色が映るのに、どうしてかなにも見えない。

シスターがつけていた香水とは違う匂いがした。

嗅いだことのない香りに包まれていると、不思議と落ち着いてくる。

トクトクと規則正しく鳴っている音はなんだろう。

メルヴィの耳に、頭に響くその音は心地よくて、体のちからが抜けてしまう。

そのまま眠ってしまったのか、気づけばメルヴィはベッドの中にいた。

パステルピンクの壁紙が貼られた部屋。絵本で見た子ども部屋に似ていて、目を見

張る。まるで夢の世界のようだと思ったからだ。花模様が入ったカーテンの向こうは
わずかに明るく、すっかり寝過ごしてしまったことがわかる。
「あら、起きた？」
まるで見ていたかのように扉が開いて、ロサが入ってきた。ベッドの傍に寄ると、
メルヴィに向かって手を伸べる。
思わず身構えて顔を伏せ、ぎゅっと目を閉じた。
けれどどれだけ待っても想像していたような衝撃は訪れず、おずおずと顔をあげる
と穏やかな微笑を浮かべたロサと目が合う。メルヴィの胸はトクリと鳴った。
「とっても疲れていたのだから、すこしばかりの御寝坊さんは勘弁してあげる。今朝
は特別よ。明日からは朝ごはんのお手伝いをしてちょうだいね。嫌いな食べ物はあ
る？」
「わからない」
「じゃあ、好きなものは？」
「……わからない」
「そう」
教会でも似たようなことを訊かれ、答えに失望されたことを思い出してうつむく。
しかしロサのくちから出たのは、溜め息ではなく弾んだ声。

「なら、これから一緒に見つけましょう。好きなものも嫌いなものも、楽しいことも嫌なことも、たくさんたくさん見つけましょう」

見て、知って、体験して。

そうすることでメルヴィは制御の仕方を覚えた。

ロサが与えてくれたのはキッカケと手がかり。こころの在り方はそれぞれだから、正解はないのだ。今も完璧だとは言い難いけれど、このちからは自分の一部なのだと受け止める覚悟はついている。

否定してばかりいては意味がない。前向きに捉えることが大切なのだと、メルヴィは学んだ。セーデルホルムの家での生活は、どれもかけがえのない宝物である。

だがまさか、仕事としてこの家に帰ってくることになるとは思わなかった。そのうえ、同じような特性を持っている少女の世話だ。

（コルトってば、知ってて黙ってたわね）

脳裏に浮かぶのは、してやったりといった顔をした幼なじみ。この家で共に過ごした、兄のような男の顔。

コルトは軍の仕事に就いている。中央へ出たあと国軍学校に入学し、通常よりも早い期間で卒業資格を得てしまった。頭の回転が早く要領のいい彼らしい手際で、メルヴィとしてはあきれと感心がないまぜになったような気持ちだったが、それを否定的に捉えるひとも多くいたようだ。

ロサが亡くなったあと、メルヴィとコルトの世話を買って出てくれたのは、オズワルド・パーマーという男性である。若いころ、ロサには世話になったのだと言っていたし、なにより彼はロサの手紙を所持していた。

魔女であるロサは己の死期を悟っていたのか、自分がいなくなったあとを託す相手としてパーマー卿を選んでいたのだ。鋭い目つきの紳士は司法に携わる人物で、地方で暮らしていたふたりを引き取り、法的に問題のない体制を整えてしまった。

十六歳だったメルヴィは流されるままに都へ向かうことになり、随分と世話になった。コルトは学校へ通ったけれど、メルヴィは慣れない都会の空気に圧倒され、なによりもひとの多さに辟易してしまい、しばらく外にも出られない日が続いた。

そんなメルヴィに無理強いするでもなく、オズワルドは望む環境を与えてくれた。父親というのは、こういうひとをいうのかもしれない。母はもとより、不在がちだった父の存在はもっと記憶に薄く、メルヴィは彼に対してそんなことを思ったものだ。もっとも年齢でいうと、彼は父というよりは祖父に近いものではあったけれど。

メルヴィが語学を学んだのもその時期である。オズワルドの周囲には諸外国のひとが多く訪れ、実戦にも事欠かない。

知らないことを知って、自分のものにしていくこと。

それはセーデルホルムでの暮らしだけではなく、どんな場所でも同じことなのだとメルヴィは知った。

コルトはそのままパーマー卿の養子となったけれど、メルヴィは申し出を断り、派遣型のメイドとしてさまざまな場所で仕事をすることを決めた。

定住しないのは、自分の能力が露見したときのことを考慮したから。いつでも逃げられるようにしておくべきだと考えたからだ。

兄を自称するコルトは、メルヴィの選択に対してめずらしく不服そうな顔をしていたけれど、結局は認めてくれた。定期的に連絡を入れることを前提とした許可ではあったが、コルトなりの譲歩だろう。

以来、そろそろ六年。パーマー家からはときおり仕事をいただく関係を続けている。オズワルドだけではなく、コルト本人から指名を受けることもしばしばだ。

だから今回のような仕事の斡旋はいつものことだったし、セーデルホルムの魔女の家が仕事先ときけば、断る理由はない。他人の手に渡って以降、近づかないようにしていた生家は変わらない姿で建っていて、涙が出そうになった。

もうそろそろいいだろう？

そんなコルトの声が聞こえる気がした。あの『兄』は、本当にメルヴィのことをよくわかっている。

ロサの死はメルヴィにとって重かった。重すぎた。彼女はメルヴィにとって師であると同時に親だったから。

まだまだ教えてもらいたいことはあったし、標（しるべ）を失って途方にもくれた。セーデルホルムを離れたのは、現実逃避もあったと思っている。メルヴィはロサの死をきちんと受け止められなかった。怖くて、怖くて、目を背けた。

十八歳で独り立ちをしてからも、足を向けられなかった。

そのこころを知っていたのか、パーマー家からまわってくる仕事は北部以外の場所ばかり。忙しさを理由に逃げてきたけれど、たしかにそろそろ向き合う必要があるのかもしれない。

ほんの二週間ほど前。緊張しながらこの家に向かったことを、メルヴィは憶えている。

乗合馬車から降りて見渡した景色は変わっていなかったけれど、ところどころに見慣れない店ができていて驚いた。それでも丘の家へ向かう道はまったく変わっていなくて、住民の手によるものなのか、きちんと整備もされていて。昔とちっとも変わらない道を一歩ずつ歩いて門戸の前に立ったのだ。

スペンサーという家が別荘として保有したと聞いているが、中はどうなっているのか。変わっていて当たり前だと思っていたけれど、予想外にそのまま残っているものが多い。

もちろん壁にかかっていた額や卓にあった花瓶などはなくなっているのだけれど、変わらないものもたくさんあった。それは過去の記憶に取り残されたものではなく、今の生活に息づいているもの。

――生きるということは循環することよ、メルヴィ。

元気だったころのロサの声が不意に脳裏に響いて、ここでの仕事はきっと大丈夫だと確信できた。そしてケイトリンを見て、助けてあげたいと、こころから思ったのだ。助けるだなんておこがましいかもしれないけれど、精一杯虚勢を張る少女の姿はメルヴィには眩しく映った。頭を抱えてうずくまっていた自分とは違う少女は、気高いと思ったのだ。

ロサが自分を導いてくれたように、今度は自分が少女を導いてあげよう。

師から教わったことを、少女に伝えよう。

それもまた循環。

不甲斐ない魔女の弟子ができる、師匠への恩返し。

けれど、ケイトリンにしてあげられることはきっと少ない。メルヴィが傍にいてあげられるのは一か月にすぎないのだ。精霊たちとの付き合い方を教えてあげるだけでは足りない。

いちばん必要なのは、味方の存在。

メルヴィにとってのロサやコルト。

受け入れて、認めて、共に歩んでくれる者がいなければ意味がない。

友人の子を引き取ったというから、アダムは愛情深いひとなのだと思っていて、それを裏切られたような気がして苛立って。負の印象は薄れてきたし、彼なりにケイトリンへ愛情を持っているのだろうことはわかってきた。

コルト曰く、軍人は自制心が強い。機密を漏らさないための訓練を受けているから、彼らの『声』は聞き取りにくいよと言っていたとおり、アダムのこころは未だによくわからない。

けれどケイトリンを気遣っていることは言動からわかる。なによりケイトリンが拒絶していないのだから、メルヴィがくちを出す立場にはない。

秘密のひとつを打ち明けたのは賭けだったけれど、アダムは妖精の世界を否定しなかった。「そうか」と、ただ一言そう漏らした。

翌朝、グリュンについて「普通の、犬用の餌を与えてよいのか」と怖い顔をして問いかけてきたときには驚いたが、肯定すると頷いて、ケイトリンとともに犬の世話を始めたものだから、つい笑いそうになってしまった。

変わった方だ。気難しい変わり者の主人には何度も仕えてきたけれど、アダムはそのどれとも違っている。

粗野で威圧感があるのは軍人ならではの態度かもしれないが、軍人だっていろいろだ。国軍所属ということで高圧的な物言いをするひとを何人も見てきたから知っている。

地位の高い家柄に生まれた子息も、それを鼻にかけて使用人を蔑むことも多いけれど、アダムはそうではない。あの態度はなんというか、部下を指導する上官のような、そういう類のもの。

冷徹なようでいて、優しさがないわけではない。

坊ちゃまは不器用なのでとポールが笑っていたけれど、書斎で仕事を手伝うようになってきて、ようやくメルヴィもそのことが腑に落ちてきた。

あのひとは、悪いひとではないのだ。

08 クリスマスの準備

クリスマスを来週に控え、家にツリーが届いた。どうやらポールは本当に手配してくれたらしい。配達人に加え、キッチンにいたデニスも手伝ってリビングへ運ばれ、壁際に設置された。ケイトリンはポカンとくちを開けて眺めていたが、やがて近づいて見上げる。メルヴィはそんな少女に声をかけた。

「素敵なものが届いたわね。ツリーは見たことあるかしら?」

「うん。あのね、去年おじさんの家に行ったときに見たの。とってもとっても大きかったわ」

「あら。そんな立派なものを先に見てしまったら、これは小さすぎるかしら」

アダムの生家がどれほどの広さかはわからないけれど、それなりの規模はあるはず。この家のリビングに入る程度のツリーとは比べものにならないだろう。

「そんなことないわ。近くでは見られなかったから、こうやってすぐそばで見られてうれしい」

「そうなの」

「おじさんのところのツリーは、いろんなものがくっついてたけど、これはちがうのね」

不思議そうに呟くケイトリンに、飾りが入った箱を抱えたポールが言う。

「これから付けていくのですよ。ケイシーお嬢さま、飾りつけをお願いできますか？」

「わたしがやるの？　どうやって？」

「お好きになさってよいのですよ」

床に置かれた箱から飾りをひとつ取り上げて、ポールはケイトリンへ問うた。

「こちらのお人形はどのあたりにしましょう」

「わたしが決めていいの？」

「ええ、これはアダムさまがお嬢さまのため用意したツリーですから」

「……わたしのじゃなくていい。みんなのがいい。わたしとメルとおじさんとポール。みんなのツリーがいい」

「おや、このポールめも加えていただけますか」

「いや？　ポールはめいわく？」

「まさか。とても嬉しいです。では、これはお嬢さまのお仕事といたしましょうか」

ポールが深い笑みを浮かべて言うと、ケイトリンは「仕事」という言葉に目を丸くする。

「アダムさまもメルヴィ嬢も、それぞれにお仕事がございます。ポールも時々は用事を済ませるために出かけなければなりません。ですからお嬢さまがツリー係をやってくださいますと、皆がとても助かります。ねえ、坊ちゃま」

「おじさんは、わたしがツリーの飾りつけをやれば助かるの？」

ふたり分の視線を受けたアダムは眉根を寄せて「そうだな」と低く呟いた。まったくもって嬉しくなさそうな顔つきだったが、ケイトリンは瞳を輝かせる。

「メルも助かる？」

「ええ、お願いしていいかしら」

「わかったわ」

満面の笑みを浮かべたケイトリンは箱の中から赤く塗られたリンゴの飾りを取り出すと、さっそく枝に当てる。

うまく結びつけられないケイトリンに、ポールがすかさず手助けに入った。綺麗に見える位置取りなどを交え、丁寧に教えていく。その顔をまっすぐに見ながら頷く姿からは、出会った当初の不安定さはもう感じない。メルヴィが去ったあとも、誰かの教えを聞き入れる余裕はじゅうぶんにあるように思えた。

（これは私が手を出さないほうがいい案件かも）

いつまでも傍にいられるわけではない自分より、ポールが手伝ったほうがいいはずだ。

メルヴィはアダムとともに書斎へ戻り、手紙の仕分けと書類整理を再開することにした。いつもは会話らしい会話もないけれど、せっかくの機会。メルヴィは気になったことを質問する。

「さきほど、ケイトリンが言っていたことなのですが」

「なんだ」

「スペンサー家で大きなツリーを見たけれど、近くでは見られなかったと」

「ああ」

「なぜですか?」

立ち入ったことかもしれないけれど、どうしても気になる。

血のつながらない子どもを引き取った行動を、アダムの両親は快く思っていないのだろうか。母方の実家から捨てられたらしいケイトリンが、養い親の実家からも邪険に扱われているのだとしたら。想像するだけで胸が痛い。

「──悪かったと思っている」

「連れていったことを、ですか?」

「ああ」

やはり嫌な思いをしたのだ。

メルヴィが唇を噛んだとき、アダムは渋面をつくり、唸るように言葉を吐いた。

「ケイトリンは同年代の子どもと過ごした経験がない。ゆえに戸惑ったのだと思う。

甥のなかでも年少の奴は、自分より下ができたことで余計におせっかいになっていた」

「……はい？」

「もっとも面倒だったのは母と姉だ。実家に泊まっているあいだ、着せ替え人形のようにしていた。ケイトリンは萎縮していた」

「はあ、そうでしたか」

思っていたこととは真逆の回答が返ってきて、メルヴィは呆気にとられる。

アダムの兄姉にはそれぞれ子どもがいるが、すべて男の子。スペンサー家にとって待望の女の子がやってきたことは大歓迎だったとか。

親族が一堂に会するクリスマスパーティーではあれこれかまいすぎて、ケイトリンは逆に怖がっていたそうだ。

子どもたちが取り囲むツリーの傍には寄りつかず、離れた場所に座って眺めるのが精いっぱい。だから今年は、クリスマスに実家へ行くのをやめることにしたのだと、言葉を結んだ。

「仲のいいご家族なんですね」

「そうなのだろう。レスターにも言われたことがあった」

「ケイトリンのお父さままでしたか」

「レスターとは、士官学校で出会った。寮生活でも新年は親元へ帰る者が多い。あいつは家族を亡くしている。だから俺の家へ連れていった」

「アダムさまのご両親とも親交があったのですね。だからケイトリンを引き取ったときも反対されなかったのですか？」

「かもしれん。君は――いや、いい」

呑みこんだ言葉の先を想像して、メルヴィはくちを開く。

「私の場合は祖母と兄の三人暮らしでしたから、クリスマスパーティーというものにはあまり縁がありませんでしたわ。もちろん普段とは違うご馳走を作って、プレゼントを渡していましたけど。メイドとして仕事を始めて、世の中の方はこんなにも盛り上がるのだと知ったぐらいです」

自分の過去を語ることはしてこなかった。下手に同情されたくなかったこともあるが、どうしてだろう。アダムにならば話してもかまわないと思えた。

妖精が見えるという秘密を明かしたせい――いや、それだけではないのだろう。

アダム・スペンサーは、度が過ぎるほど真面目な男である。表情も硬く、不必要なことはくちにしない。発する言葉は厳しく、ともすれば命令されているような気にもなる。

挙げてみればまるで良いところがないけれど、決して嘘は言わないと、やがて気づいた。一見冷たく感じる灰青の瞳も、裏を返せば冷静で穏やかといえるのかもしれない。

外見と内面が逆転している「本音と建前の世界」があることを、他人のこころを聞くちからがあるメルヴィは知っている。

アダムのこころはよく聞こえないけれど、彼の行動は偽らざるこころそのものなのだろうと、信じられるようになっていた。

「坊ちゃまのご家族ですか？」

「深く立ち入るつもりはないのです。ケイトリンが、ほんのすこし萎縮していると聞いたものですから」

夕食の準備をしながら、メルヴィはポールにアダムの家族について訊ねていた。

アダムの弁から察すると愛情深い家族ではあるようだが、ケイトリンはその愛情をきちんと受け止められるのかどうか。見放されてばかりの環境に身を置いていた少女にとって、それらを素直に信じることは難しいようにも思える。かつて自分がそうであったように。

「昨年のことをお聞きになったのですね。たしかに皆さま、お嬢さまを気にかけていらっしゃいました。あまり距離を詰めすぎても駄目だったかと反省なされておりましたよ」

「引き取ったことに対しては」

「レスター殿は、坊ちゃまの親友ともいうべき御方でしたから、奥さまは、むしろ自分の養子にしてもよいとおっしゃられておりました。ですが、性急に事を進めてもよい結果にはならないだろうと旦那さまがおっしゃいまして」

父親の友人で、顔も名前も知っているアダムの傍にいたほうが落ち着くだろうと判断されたのだと、ポールは穏やかに答えた。

「末っ子のアダム坊ちゃまは、年下の面倒を見ることなく育ちましたから、ケイトリンお嬢さまに対しても、随分戸惑われておりました。お嬢さまのほうがむしろ、しっかりされていたぐらいです」

「なんだか想像がつきますわ」

「ですが、それでは駄目だったのでしょう。メルヴィ嬢と一緒にいるお嬢さまは、とても柔らかく、子どもらしい姿を見せていらっしゃいます。我々だけではそうはいかなかった。感謝しております」

「そんな！　私は特別なことはなにも」

「ありのままのあなたさまがよかったのでしょう。お嬢さまにとっても、坊ちゃまにとっても」

メイドの仕事ではない部分で褒められて、メルヴィは動揺する。ケイトリンへの教えもアダムの仕事の補佐も、いってみれば契約外の仕事。余計なことをするなと怒られる可能性だってあるのに、こんなふうに肯定されると居たたまれない。

「クリスマスには盛大なパーティーをいたしましょう。どうかそれを感謝の証とさせてください」

「もったいないお言葉です」

「といいながらも、ゲストであるメルヴィ嬢にもお手伝いをしていただく形になってしまうのですが」

「仕事ですもの。当然です」

クリスマスはこちらで過ごし、ニューイヤーはスペンサーのお邸で迎える予定と聞いている。グリュンのことは報告済で、連れて帰る許可を貰っているらしい。

獣医師のユエルにも、帰途前にはあいさつしたほうがいいだろう。中央へ戻ったあとも、手紙のやり取りができれば僥倖(ぎょうこう)。普通の犬とは異なるだけに、気軽に相談できる相手がいたほうがケイトリンも安心できるはずだ。

(フーゴ先生とは違った雰囲気のひとだけど、隣人たちのことを愛してやまないのは本当っぽいわよね)

あれから何度か顔を合わせた医師は、メルヴィに妖精のことばかりを聞きたがった。診察室のそこかしこにも精霊はいるのだと告げると、あちこちに頭を下げてあいさつする始末。

ありがとうと御礼を言われると、不思議な気持ちになってしまう。このちからは、感謝とは無縁だっただけに。

セーデルホルムで暮らしたメルヴィだけど、幼いころは外が——人間が怖くて、ロサとコルトのうしろに隠れてばかりの生活だった。冬場はフードを深く被り、夏はつばの大きな帽子で顔を隠し、他者の視線から逃れることに必死。

そんなふうに怯えた態度を取っていれば、逆に目立つだけだと今ならわかるけれど、当時はそれが自分を護ることだと思いこんでいた。ケイトリンのほうがよほど強い。

あの子のような強さがあれば、セーデルホルムでの暮らしも違ったものになっていただろうか。なにしろ自分は陰気すぎて、親しいといえるのは「妖精のお医者さん」であるフーゴぐらいだったから。

「そういえば、デニスさんがお嬢さまに良いものをくださいましたよ」

「まあ、アドベントカレンダーですか」

「ツリーの飾りつけをしているお嬢さまを見て、クリスマスの楽しみを味わうならば必要だろうと。いささか遅すぎるところではありますが」

「まだ一週間ありますもの。毎日開けていけばいいいわ」

キッチンのテーブルに置かれているのは、ドールハウス型のアドベントカレンダー。そういえば途中で買い物に出かけていたが、そのときに調達したのだろうか。引き出しの中はまだ空っぽだが、お菓子は用意されている。

なにをどんなふうに収納するのか、家人の手で確認してほしいとポールに言づけて帰ったそうだ。なんともデニスらしい配慮である。

「デニスさんは良いお父さまですね」

「アダム坊ちゃまは、デニス殿をすこしは見習ってほしいものでございますよ」

ポールが肩をすくめ、メルヴィは首を横に振って微笑んだ。

「そんなことないと思いますわ。アダムさまはケイトリンにとって、頼れる保護者ですもの」

「メルヴィ嬢にそう言っていただけて、嬉しゅうございます」

09　ケイトリンの事情

アドベントカレンダーはリビングのテーブルに置いておくことになった。毎朝、ひとつずつ開けていくこと。それがケイトリンに課せられた仕事だ。ツリーの飾りつけに加えてもうひとつ増えた仕事に、ケイトリンは瞳を輝かせる。

「やることが増えてしまって、大変かしら？」

「そんなことないわ。おじさんもメルもいそがしいから、これはわたしがやるの」

「大丈夫か」

「へいき。おじさんの家でも、わたしはきちんとお皿とカップの片づけをしていたでしょう？」

「そうだな。おまえはすごい」

淡々としたアダムの言葉にも、ケイトリンは嬉しそうに笑っている。ふたりがどんなふうに暮らしていたのかが垣間見えるようで、メルヴィは微笑ましいと同時にどこか寂しくも感じた。

気の毒に思ったのではない。この感情の正体は疎外感に似たものだ。

彼らの生活を見てみたいと思った。これまでの生活を、そしてこれからの日々を。

今、こうしているように、近くで見守っていけたらどんなに楽しいことだろう。

ふとそう考えたことに気づき、あわてて否定する。

なにを馬鹿なことを。自分は期間限定を主とした使用人。どこへ定住することもなく、抱えた秘密が露見しないように他人と距離を取って生きていくと、そう決めたはずだ。

「明日はきちんと起きられるように、お部屋へ行きましょうか」

「もう？　まだおはなしする」

「いっぱい働いたのだから疲れているはずよ。ほら、グリュンだって早く寝ようって言ってるわ」

「……でも」

「あなたが寝つくまで一緒にいるから。ね、ケイシー」

「わかった」

すこし不満そうなケイトリンの手を取って、子ども部屋へ向かう。

ケイトリンが使っているのは、かつてのメルヴィの部屋である。壁紙は貼り換えてあるけれど、調度品の一部はそのまま置かれているし、ベッドの位置はそのままだ。

この部屋へ入ると、一気に過去へ引き戻される気がしてくる。

家に来た当初、なにもかもを怖がってばかりだったメルヴィにとって、ここは分厚い壁に覆われた城だった。誰の侵入も許さない聖域。

その壁を叩いて声をかけてくれたのがロサで、遠慮なく侵入してきたのがコルトだ。ふたりがいなければ、メルヴィは今も壁の内側で泣いていただけかもしれない。

寝間着になったケイトリンをベッドへ誘う。けれど、まだ横にはならず座っているケイトリンを見て、メルヴィは隣に腰かけた。

「ねえ。メルは、クリスマスって好き?」

「そうね。嫌いではないわよ。飾りつけは綺麗だし、みんなが楽しそうにしているし」

「わたしはいい子じゃないから、プレゼントはもらえないって思ってたの。だけど去年、おじさんの家に行ったらいろんなものをくれて、でもそれはダメなことなの」

「なぜ、そんなふうに思うの?」

問いかけると、ケイトリンは黙りこんだ。

明かりを落とした部屋。ベッド脇の卓に置いたランプの灯りがゆらゆらと揺れて、ケイトリンの顔に陰影を作り出す。それは少女の迷いそのもののように思えて、メルヴィは辛抱強く待った。

これはきっと大事なことだ。幼い少女がずっと抱えてきたなにか。

それをいま、明かそうかどうか迷っている。

「……おばあちゃまが、ママがおなかにいるってわかったのが、クリスマスって言ってたの。ママは神さまがくれたプレゼントだったの。でもわたしがおばあちゃまのだいじなものを取っちゃったの。わたしは、悪魔の子なの」

やがて落とされた言葉は、静かな部屋に吸いこまれる。

堰を切ったようにケイトリンは、小さく言葉を吐き出しはじめた。

母方の祖母に引き取られた際、命を絶った娘を思うあまりか、彼女は幼いケイトリンをなじったようだ。

わたくしのリンはあの子だけよ。リンを返して。

おまえが殺したのね。リンの名を奪って、すり替わろうとしても無駄よ。

消え去れ、悪魔め。

ケイトリンの母親カリンナの愛称は、リンだったらしい。その響きは娘のものであって、おまえのものではないのだと面と向かってぶつけられた。

ゆえに少女は己の名を拒み、新しい自分を生み出す。

「リンはママのことだから、わたしはリンって呼ばれたらダメなの。わたしはママじゃないから、ちがう子にならないとダメなの。ぜったいダメなの」

「ケイトリン……」

「呼んだらダメなの。わたしは悪い子だから、悪魔の子だから、おじさんもメルも、ママみたいに連れていかれちゃうの。だから呼んで。ちゃんとケイシーって呼んでね」

悲痛な声でそう言ったケイトリンからは、違う『声』が聞こえた。


名前を呼んで。

わたしの名前はケイシー。そう決めた。

わたしがつけた、わたしの名前。

そうしたら、誰もダメって言わないもの。

でもね。パパとママがつけてくれた、わたしの名前は――


たまらずメルヴィはケイトリンの体を引き寄せ、ぎゅっと抱きしめた。

驚いたように震える体を、宥めるように撫でて告げる。

「ケイトリン。あなたはケイトリンよ」

「ケイシーよ」

「そうね。ケイトリンで、ケイシー。どちらもあなたの素敵な名前だわ。どんな名でも、あなたはあなた」

「でも、おばあちゃまが」

重ねて否定するケイトリンにメルヴィは続ける。

「家族を亡くされたお祖母さまはすごく哀しくて、そんなふうに言ってしまったのかもしれない。どんな事情があるかはわからないけれど、でもね、だからといってそれを許してあげる必要はないのよ。だってあなただって、寂しくて哀しい気持ちを抱えていたはずだもの」

「……………」

「私はあなたのことが大好きよ、ケイトリン。あなたみたいに強くて可愛い女の子を、私は知らない。会ってすぐに好きになったし、一緒に過ごしているうちに、もっともっと大好きになったわ」

「ほんとう？」

「私だけじゃない。アダムさまもポールさんも、みんなあなたのことを愛しているわ」

ケイトリンの体を放して、しっかりと顔を見つめながら伝える。傍に寄り添うグリュンにも頬を舐められると、ケイトリンの大きな瞳からポロリと涙がこぼれた。そしてやっと声をあげて泣きはじめる。

もう一度ケイトリンを抱きしめ、あやすように背中を叩く。

泣き疲れて眠りに落ちるまで、メルヴィはケイトリンに寄り添い続けた。

◇

子ども部屋の扉をそっと閉める。室外へ出てから大きく息を吐き出したメルヴィは、廊下がゆっくりと軋む音を耳にした。

顔を向けなくともわかる。あの足音はアダムだ。

「うるさくしてしまいましたか」

「いや」

「申し訳ありません、ケイトリンを泣かせてしまいました」

「謝る必要はない。ただ、なにがあったのか」

「はい。きちんとご説明いたします」

すでに火を落としてしまったリビングではなく、キッチンへ足を向けた。

主人を招き入れるような場所ではないと思ったが、アダムは気にするようすもなく椅子に腰を下ろす。

ケトルを火にかける。ホットワインではなくハーブティーをカップに入れて、アダムの正面に座り、ケイトリンが吐露した過去を話した。

メルヴィが話し終えると、アダムはいつもの渋面をさらに深くして、唇を噛む。

「……カリンナの家は、ずっと長く続いている名家だ。古い慣習、しがらみも多い。夫人はとくに家柄に固執していた」

「ケイトリンのお母さまをご存じなのですね」

「年に一度、顔を合わせる程度の知り合いではあったが、レスターとカリンナが出会ってからは、あいだに入ることが増えた」

「そうだったのですね」

アダムは、己が知っているかぎりのことを話してくれた。

カリンナの愛称はたしかにリンで、彼女の家族はずっとそう呼んでいた。夫人にとってのリンはカリンナひとり。だから同じ響きを持つケイトリンを受け入れられなかったのだろう。娘と同じ色の瞳をしているのに、髪色が違うことも拒絶につながった。

美しいブロンドだったカリンナに対し、ケイトリンは艶を帯びた黒髪。

親族に黒髪がいなかったこともあり、ケイトリンを産んだカリンナは、一族から敬遠されていたのだとか。そのことも彼女の母にとっては負担であり、まるで自分が貶められているかのように感じていたのだろう。

「夫人がそういった思考の持ち主であることはわかっていた。あの方なら、ケイトリンにそういった言葉をぶつけても不思議ではない。なぜ、推測できなかったのか」

「ですがきっと、ケイトリンは、アダムさまにお話しすることはなかったのではないでしょうか」

「不甲斐ない男だからな」

「そういったことではありません。ケイトリンはきっと恐れたんだわ。悪い精霊がアダムさまを襲うのではないかと。ご両親の死を自分のせいだと思っていたのだとしたら、次は一緒に暮らすようになったアダムさまが危険に晒されるのではないかと」

「なにを馬鹿な」

アダムは溜め息をついて首を振ったが、メルヴィには痛いほどケイトリンの気持ちがわかった。

ロサに出会うまで、己の周囲にいる妖精たちは恐ろしい存在だった。彼らは無邪気であるがゆえに残酷なのだ。

小さな妖精が母親の耳元でなにかを囁いた途端、母は悲鳴をあげて、まるで狂ったように周囲のものを手あたり次第に投げつけはじめたことがある。

そのさまを、件の妖精は笑って見ていた。

茫然と見つめていたメルヴィを見て、母は手を振り上げて叫んだ。

――なに見てるのよ、気味が悪い。

ぶるりと体が震えて、腕をさする。

ろくに顔も憶えていない母は、いつだってヒステリックに泣き叫び、メルヴィを叩く。

「俺の物言いは失礼だろう。君やケイトリンが見ているものが、どういったものかがわからない」

「いいえ、気になさらないでください」

「だからこそ、感謝しよう。ケイトリンのこころを受け止めてくれて、助かった」

　アダムは言うが、それはすこし違うとメルヴィは思う。

　自分はただ、ここにいただけ。たまたま出会って、似たようなちからを持っていただけの同士にすぎない。今に至るまでケイトリンがしっかりと立って、前を向いて歩いてこられたのは、アダムがいたからなのだ。

「ケイトリンにとってアダムさまは、頼りになる御方です。見ていればわかりますもの。あの子は、おじさんのことが大好きなんです」

「ケイトリンが好いているのは、俺よりも君のほうだ」

「今だけです。ケイトリンにとって私は、知らなかったことを教えてくれたひとでしょうから。これから先、アダムさまにはいくらだって時間がありますわ」

「……これから、か」

「ええ。ケイトリンはまだ七歳ですもの」

　少女の行く末を思って、メルヴィは微笑んだ。

翌朝、いつものように目覚めると、日課となった屋内の点検を始める。キッチンに火を入れたあとでリビングへ向かうと、そこにはすでに先客がいた。

「どうしたの、なにかあったの？」

「……カレンダー、見にきたの。わたしのお仕事でしょう？」

それはどこか取ってつけたような理由だったけれど、ケイトリンの顔は沈んだものではなく、恥ずかしそうな表情だった。昨晩のあれは、少女にとっても気まずいもので、どんなふうに振る舞っていいのかわからないのだろう。

はじめてかもしれない感情の爆発。

それを他者に向けたことに対する居心地の悪さ。

メルヴィにも憶えがある。あのとき、ロサはどんなふうだっただろう。

思い出しながら近づいて、テーブルの上に鎮座するアドベントカレンダーに手をかけた。

「じゃあ、今日のぶんを開けてみましょう」

「うん……」

木製の引き出しを開けると、そこに入っていたのはベルの形をしたクッキー。ふわりとシナモンの香りが広がる。

「なにかいる」

　ケイトリンが小さく呟く。

　視線の先には、ドールハウスの影に隠れてこちらを伺う、赤い三角帽子を被った妖精の姿。

「あら、トントゥね」

「この子の名前？」

「ええ。クリスマスが近くなると現れる妖精よ。昨日ケイシーが飾りつけをしているのを見て、お手伝いに来てくれたのかもしれないわね」

「どうすればいいの？」

「彼らは彼らで動くから、あなたがなにかを指示する必要はないわ。一緒に飾りつけをして、そうしたら手伝ってくれたお礼をしましょう」

「なにをあげるの？」

「そうね、これなんてピッタリかもしれないわ」

　ついさっき引き出しから取り出したクッキーを指さす。

「お砂糖とシナモン。トントゥはシナモンクッキーが大好きなの」

「だから出てきたのかな。食いしん坊なの？」

「そうかもね」

ケイトリンはクッキーをふたつに割る。それをさらに小さく割って、妖精の近くへそっと置いた。食べるところを見ないほうがいいと教えていたことをきちんと守り、アドベントカレンダーへ背を向ける。

残ったクッキーのうち、半分に割ったものをメルヴィへと差し出し、自分は妖精へ渡した残りをくちへ運ぶ。

妖精に渡すものは、自分が食べるものをすこしだけ。

分け合うことで友好の証とすること。

ケイトリンは学んでいる。

メルヴィがすこしずつ教えてきたことを、きちんと憶えて、活(い)かしている。

少女の成長が、メルヴィは嬉しい。

「ねえ、メル」

「なあに」

「わたし、ケイトリンでもいい？」

「言ったでしょう？　どちらもあなたよ。私だってメルヴィで、メルだもの」

「うん」

笑顔で告げると、ケイトリンも頬をゆるませる。

「ありがとう。あのね、メル。わたしもね、メルのこと大好きよ」

10　ざわめきの理由

クリスマスまであと二日。デニスと相談して、パーティー用のメニューを考える。デニス自身は帰宅するため、仕上げをするのはメルヴィだ。人数も少ないし、あまり手の込んだものを作る必要もないけれど、やはりそれなりには整えたい。

メインとなる大きな肉料理はデニスが請け負い、最後にもう一度火を入れるだけの状態にしておくことになった。

ベリーソースはデニスのお手製。とても美味しくてレシピを教わる。

プレゼントも必要だろう。町に下りてなにか探してこようと考え、着替えをして玄関へ向かう。すると外套を羽織ったアダムが立っていて目を見張った。外出の用事があるとは聞いていない。

「出かけられるのですか？」

「ああ。ポールに言って、馬車を頼んである」

それならば問題はないだろう。一礼して横を通り過ぎようとしたメルヴィは、腕を取られてたたらを踏む。手の主を見上げると当の本人も驚きの表情を浮かべており、視線が絡むと顔を逸らせた。伝わってくるのは、かすかな動揺。

（アダムさまにしては、めずらしいわね）

同じ部屋で過ごすことが増え、出会った当初よりは緊張することもなくなったとはいえ、彼のこころの壁は厚い。もっとも、メルヴィ自身も他者と壁を作っているのだから、他人にどうこう言える立場ではないが。

メルヴィからの訝しむ視線を受け、アダムはひとつ咳払いをしてくちを開いた。

「君も」

「はい？」

「ポールに聞いた。町のほうへ出かけるのだろう。ならば共に向かえばよいと、そう思ったまでだ」

言いきって顔をそむける。

「強制するわけではない。狭い馬車で気づまりだというのもわかるが、この寒さの中、若い女性がひとりで歩いていくのは」

続けられる内容に、メルヴィの疑問は氷解する。

つまり、外聞を気にしているのだ。スペンサー家のご子息が、この寒空の下、雇ったメイドを徒歩で買い物に行かせていると噂されるのは、たしかに困るだろう。

ようやく合点がいって、苦笑する。

たしかに配慮が足りていなかったかもしれない。メルヴィにとっては見知った町。

長く離れていたとはいえ地元だ。丘を下って町まで歩くなんて当たり前だったから、その感覚がおかしいとさえ思っていなかった。

「承知しました。それでは、お言葉に甘えさせていただきます」

メルヴィが答えると、アダムはほっとしたようすで頷いた。

アダムの用事もまた、メルヴィと同じものだった。

クリスマスプレゼント。もっとも彼の場合、ケイトリンだけではなく、甥たちに贈るものも含まれている。

「何人いらっしゃるのですか？」

「兄と姉、それぞれ男が三人」

「皆さま集まると賑やかそうですね」

「兄のところの一番上はもう十五歳だからな。うるさいのは、姉のところの双子だ」

やんちゃ盛りの五歳。双子で男の子とくれば、それはたしかに騒々しいだろう。

男の子が駄目というわけではないけれど、アダムの母親と姉は女の子を求めていたのだとか。そんななかで現れたケイトリンがどれほど歓迎されたのか、想像に難くない。そして、その歓迎に対して尻ごみしてしまうケイトリンのことも想像できる。

おじさんの家のひと、イヤなわけじゃないの。

クリスマスの準備の傍ら、ケイトリンはそんなふうにこぼしていた。

家族を亡くしていた父親と、結婚に反対されていた母親である。親戚付き合いを知らずに育ったケイトリンにとって、アダムの実家は別世界。おまけに母方の祖父母から邪険にされた経験もある。アダムの両親に対して恐怖はあっただろうと推測する。

去年のクリスマスがどんなふうだったのかを聞いているうちに、馬車が町へ辿り着いた。大きくはない町における目抜き通りに、馬車が止まる駅がある。エニス大陸にも鉄道が開通して数年経過したが、届いているのはセーデルホルムのふたつ前の町までだ。ここはまだ馬車が主流である。

町を周遊する乗合馬車が客を待つなか、メルヴィらが乗車する馬車が道の端に停まった。アダムが先に下車し、そのあとに続こうとしたメルヴィが扉に近づいたところ、目の前に節くれだった分厚い大きな手が差し出された。

(この程度の高さ、飛び降りちゃうんだけど)

思わず独り言つ。

マナーとして受けるべきなのはわかっているし、異性の手を取ることに抵抗があるわけでもない。

けれど、何故こんなにも緊張するのだろう。相手が雇い主だからだろうか。

戸惑いの時間はわずか。恥をかかせる前にメルヴィはアダムの手に己をそれを重ねて、地面に足をつける。馬車を見送ってから商店が並ぶ通りへ向かおうとしたところ、ここでもやはりアダムはメルヴィに腕を差し出したのだ。

エスコート。

見たことはある。でも、見ただけだ。

だってそれは、晴れ着に身を包んで髪を結い、ヒールの高いお洒落な靴を履いたレディに差し出されるものであって、防寒対策として髪を下ろし、数年使っている外套の下はエプロンを外しただけの簡易的なワンピース姿のメイドが受けるものではない。

「どうかしたのか」

不審そうな声。彼にとってこの行為は当然のことであり、そこに特別な意味を見出してしまうメルヴィのほうがおかしいのだといわんばかりの空気だった。

小さく息を吐いたあと冷たい空気を吸うと、耳に町のざわめきが戻ってくる。クリスマスに向けた高揚感は、田舎町にも満ちている。

楽しめばいいのだ。季節に乗せられて、浮ついてしまえばいい。

外套のせいでさらに分厚さを増している腕に手をかけて、メルヴィは前を向く。

道案内をすることに専念し、気恥ずかしさを胸の奥へ追いやった。

「なにを買うか決めていらっしゃるのですか？」

「すべてではないが」

「近年は隣国の物が入ってくるようになったようですから、中央では売られていない物もあるかもしれませんわ」

「そうか」

「鉄道のおかげで流通速度も上がりましたから、クリスマスにもきちんと間に合うと思います」

「ああ」

アダムの口数はいつも以上に少なく、その代わりというわけではないだろうが、メルヴィは矢継ぎ早に言葉を重ねた。

これまでに勤めてきた家における、男の子向けのプレゼントはどんなものが多かったのか。手掛かりになればいいと思ったからだが、緊張もしていたのだろう。

こうして隣り合って町を歩くのははじめてであることに気づいて、いまさらながらに動揺してしまったのだ。

グリュンを診察するために出かけたことはあるけれど、あのときはケイトリンがいた。犬妖精であるグリュンが異質に思われないか、そのことにばかり気を配っていたし、あとはケイトリンの心情を優先していた。旅行にも縁がなかったらしいケイトリンに、セーデルホルムはどんなふうに映ったのか。アダムにとってだけではなく、ケイトリンにとっても療養になればいいと思っていたのだ。

だから、こんなふうにあらためてふたりになってしまうと、どうしていいかわからない。家の中にいればメイドとして振る舞えるのに、エスコートされて町を歩くという行為は、メルヴィの立ち位置を揺るがしていた。まして歩いている場所が場所だ。

食料品や日用品を中心にした市場ではなく、町の中でも高級志向の物品が並ぶストリート。自然、道行くひともいつもよりはきちんとした格好をしている。

クリスマスという時節柄、自分たちと同じ目的のひとも多い。家族連れの姿もそこかしこに。ケイトリンと似かよった年齢の子が両親に挟まれ、左右の手をそれぞれとつないで歩いている。

メルヴィは、ツリーの飾りつけに取り組んでいる少女を思い浮かべた。

もしも連れてきていたら、あの家族と同じように、アダムと自分がケイトリンの手を握っていたのだろうか。

そんな思考が湧いてきて、頭を振った。

あまりに自分らしからぬ考え。落ち着くために呼吸を整える。

（そうよ、私はメイド。主人のあとを歩くに決まっているじゃない）

つい己の装いを確認。もういっそ、ひと目でメイドとわかる服のほうがよかったのかもしれないと反省する。

でもそうしたら、エスコートされた今の状態は奇異に映ったことだろう。そもそもメイドとして来ていたら、アダムも腕を差し出したりはしなかったかもしれないが。

（……いいえ、それでもアダムさまはきっと、私を気遣ってくださったはずだわ）

アダム・スペンサーという男はそういうひとだと、メルヴィはもう知っていた。

マーケットの中心にある円形広場。待ち合わせを兼ねた場所で、時を告げる時計台がある。そこを起点に用途別に店が分かれていて、ひとの流れが変わる。
提案して、別々にプレゼントを探すことにした。こういったことは、相手に内緒にしてこそだろう。
アダムもそれには同意。親族に向けたプレゼントを探すことを考えると時間もかかる。自分の都合にメルヴィを付き合わせるわけにはいかないと告げられ、頷きを返す。
じつのところ、同行するのはかまわない。むしろ一緒に選んでもよいとさえ思っていたから拍子抜けではあったけれど、アダムと別行動を取るのはメルヴィとしても都合がよかった。これでケイトリンだけではなく、彼とポールにもプレゼントを買うことができるから。

そうはいっても、たいしたものではないのだ。あまり高価な物は遠慮されてしまうだろうから、気合が入りすぎない程度に、それでいて使い易そうなものを考えて、ポールにはハンカチを、アダムにはタイピンを贈ることにした。消耗品で、失くしてしまっても困らない日用品だ。

だが、ケイトリンだけは特別。

メルヴィが住んでいたころから変わっていなければ、きっとまだあるはずだと信じて目的の店へ向かう。

（あった。まだ、あった）

あのころも古びた印象のある店構えだったが、ちっとも変わらない。奥まった路地の先にある店の入口の看板は、文字がかすれてしまって読めないところも、あのころのまま。

重そうな木の扉を開くと、狭い店内にたくさんの石がある。これらは宝飾品ではない。この付近では『精霊の涙』と呼ばれている天然石だ。

ケイトリンへはこの天然石を買って、ペンダントに加工しようと決めている。

これは、かつてロサが、メルヴィに贈ってくれた魔除けのお守りと同じもの。

今も大事にしている大切なものだった。

わずかな期間を共に過ごしたメイドでしかないけれど、これから先の人生において、同じものを見る仲間がいることを、記憶に留めておいてほしいと思う。

佇むメルヴィを見て、店主が声をかけてきた。

「おや、懐かしい顔だ」

「……憶えて、いたのですか」

「当然じゃないか。忘れるもんかい。あれから何年だい？」

「八年です」

「そうか。ロサが旅立って、もうそんなに経ったかい。あたしも老いるはずだね」

「ちっとも変わってないわ、ディタさん」

魔女と呼ばれたロサとは違った部分で、ディタも不思議なひとだった。

彼女は石の声を聞くらしい。メルヴィが知るかぎり、姿はさほど変わっていない。

絵本でいうところの『魔女』は、ロサよりディタのほうがずっとふさわしいのではないかと思っている。

「ようやく帰ってきたのかい？」

「帰ってきたわけじゃないの。仕事なの」

「仕事？」

「そう。お世話係として雇われているの」

「ああ、都の、なんとかって家のもんが、丘の家を買ったんだったか」

言って、家がある方角へ顔を向ける。

その瞳に宿しているのはロサの顔だろうか。懐かしいものを見る表情に、メルヴィは胸を締めつけられる。

「どんな形であれ、おまえは今ここにいる。帰ってきたんだよ」

「……でも、私」

たぶんずっと逃げていた。

そのことがメルヴィにとってはうしろめたくて、責められているような気がしているから、懐かしいセーデルホルムの空気と景色にも、まだ素直になじめずにいる。

「いいんだよ。あの石だってあんたを憶えている。ここ最近、ざわついていた理由がようやくわかったよ」

ディタが指さした先には、切り出した形そのままで鎮座する大きな石がある。売り物ではなく、店の護り石らしい。メルヴィはロサに連れられて店に来るたび、いつもあの石の前に立っていたものだった。波長が合うとでもいうのか、ディタのように石の声が聞こえるわけではないけれど、メルヴィはあの石がとても好きだった。

「それで、用向きは帰還のあいさつかい？」

「違うわ。あのね、魔除けの石が欲しいの。七歳の女の子に渡す護り石よ」

「おまえさんの子かい」

「ま、まさかっ！」

ほんのついさっき、家族連れを見たときに胸に湧いた思いを見透かされた気がして、あわてて否定する。

顔を赤らめるメルヴィにディタは笑い、無造作にひとつ石を取り上げた。

「これだね。ロサに免じて安くしてやろう。お祝いだ」

「もう、だから、あの子は、友達なのよ」

「そういうことにしておいてやるさ。そういえば、まだ言ってなかったね」

「なにを？」

くちを尖らせるメルヴィに、ディタが笑う。穏やかに、優しく。

「おかえり、魔女が愛した大切な娘」

「……ただいま、ディタさん」

ただいま、セーデルホルム。

メルヴィは、ようやくここへ帰ってこられたような気がして、泣きたくなった。

ディタが石を加工しているあいだ、近くの雑貨屋でコルトへのプレゼントを探すこ

とにした。

　配送先はトランシヴァルのパーマー邸。オズワルドへの贈り物も併せて購入する。今年ぐらいは彼らに会えるかと思っていたが、タイミングが難しい。おまえが仕事を合わせないからだとコルトは文句を言うけれど、幼いころのようにはいかない。

　ポールとアダムへの贈り物は鞄へ仕舞い、ディタの店で完成品を受け取るころには、アダムとの待ち合わせ時間が迫っていた。思った以上に長居してしまったらしい。

　円形広場へ向かう道すがら宝飾店の前を通った。クリスマス直前ということもあってか夫婦や恋人たちの姿が多い。町で唯一の店舗ということもあり、いつも以上の賑わいを見せている。

　ふとその店内に見慣れた姿を認めて立ち止まった。アダムがショーケースを前に店主となにかを話している。広場へはここからあとすこし。ならば、もうここで合流してもいいだろう。声をかけようと足を向けたメルヴィだが、彼の顔が見える位置にまでやってきたとき、歩みを止めた。

　アダムは小箱を受け取り、それを眺めている。母親、あるいは姉へのプレゼントだろうか。

　だが、それにしては表情がおかしい。彼が浮かべるそれは、想いに溢れるものだ。家族愛とは一線を画す、恋人たちのあいだに漂うそれを思わせて、メルヴィは衝撃を受ける。

（アダムさまには、想う方がいらっしゃる……？）

恋人の有無など確認したことはなかった。

勝手にいないと思いこんでいたけれど、だからといって、こころに住まうひとがいないわけではないのだ。

そんな当たり前のことに思い至らなかった自分にあきれ、想像することを無意識にやめていた理由がなんであるのか、導き出された答えに慄く。

気づきたくなかった。

気づかなければよかった。

――私、あの方のことが好き、なの……？

まさかという思い。じわじわとせり上がってくる羞恥と恐怖に混乱する。

だけど、彼にはおそらく、好きなひとがいる。

メルヴィの初恋は、自覚した瞬間に潰えた。

11　クリスマスの夜

デニスと一緒に作ったクリスマスディナーに、ケイトリンは瞳を輝かせた。

豚肉と野菜のパイ包み焼き。ジャガイモとアンチョビを使ったポテトグラタン。ミートボールたっぷりのクリームスープ。サーモンときのこのソテー。

皿にすこしずつ取り分けてあげると、口もとにソースをつけながら頬張る。少女が座る椅子の傍でおとなしく鎮座するグリュンは、その波動を感じて嬉しいのか、太いしっぽを揺らす。

アダムの両親からは、手書きのクリスマスカードと数冊の本が届いた。文字の勉強をしていることを伝えたからなのだろう。これまで見てきた幼年向け絵本とは違ったそれにケイトリンは目を見開き、緊張気味にページをめくる。

「どうしよう。むずかしそう」

「ゆっくり、すこしずつ読んでいけばいいのよ。わからないところがあれば、ポールさんやアダムさまに訊けばいいわ」

「メルがいい。メルがおしえて」

「……そうね。明日一緒に読んでみましょうか」

「やくそくよ」

「汚してしまわないように、お部屋に置いておくわ」

期待に満ちたケイトリンの視線から逃げるようにリビングを出て、子ども部屋へ向かう。

残された時間はもうわずか。ケイトリンに告げた「ゆっくり、すこしずつ」に付き合う時間は自分にはない。それを担うのはアダムと、そして彼がこころに住まわせている誰かになるのだろう。

どんなひとだろう。ケイトリンのことを受け入れてくれるだろうか。

（大丈夫。だってアダムさまが選んだ方だもの。ケイトリンをないがしろにするわけがないわ）

顔も名も、所在すら知らない誰かに抱くこの想いが、嫉妬というものなのか。はじめての感情にこころが揺れる。先日見たアダムの姿が脳裏に焼きついて離れなくて、胸が張り裂けそうになる。

本を置いてケイトリンの部屋から出たとき、玄関のほうから音が聞こえて足を向けた。客人が来るとは聞いていないし、頼んだ物は昼間のうちにすべて届いている。それでもたとえば、スペンサー家から追加でプレゼントが届く、ということもあるかもしれない。

　玄関を開けると、肌を震わせる冷気とともに、明るく快活な声が飛びこんできた。それは意外性に満ちていて、あまりの事態に思考が停止する。

「どうしたメル。嬉しさのあまり声も出ないのか？」

「コルト、どうしてここに」

「ひどい言い草だな。今年はようやくおまえがわかりやすい場所にいるから、会いに来たんじゃないか」

「突然すぎるわ」

「言ったらサプライズにならないだろう？」

「プレゼント、送っちゃったわよ」

「帰ってからの楽しみにしておく。メルはいつもセンスがいいからなあ」

「もう、調子がいいんだから」

　大きな声のやり取りに気づいたか。アダムがようすを見にやってきて、コルトの姿に同じく体を強張らせる。

「こんばんは、スペンサーさん。突然申し訳ありません。休暇を使ってこの付近へ来ていましてね、ごあいさつに伺いました。彼女を紹介した手前、やはり気になりまして」

「……そうですか。立ち話もなんですから、どうぞ中へ」

「失礼します」

三年ぶりに直接会うコルトはますます傍若無人になったようで、メルヴィはあきれた気持ちで息を吐く。

『いきなりなんなのよ、アダムさまに失礼だわ』

『可愛い妹が苦労していないか、心配してるんじゃないか』

『おあいにくさま。メルヴィはこのとおり元気いっぱいですわよー』

『そうやって虚勢を張るところは変わらないな、メル。ロサが泣くぞ』

隣り合って歩きながら、こころの中で言葉を交わす。

コルトは同じく「他人のこころの声が聞こえる」体質で、メルヴィよりも数年あとに魔女の家へ引き取られた、三つ年上の兄代わり。隠しごとができないのは厄介だが、そこはお互いさまだ。


「やあ、こんばんは、小さなレディ。素敵な夜だね」

「あなただれ」

「これは失礼。僕はコルト・パーマーだ。君のおじさんと同じ軍に勤めている。君の名を教えてくれるかい？」

「わたしはケイトリンよ」

「ではこちらの勇敢な騎士(ナイト)は？」

言って、ケイトリンの足もとに座る犬妖精の前に、握り拳を突き出す。探るように匂いを嗅いだグリュンだったが、やがて手の甲をペロリと舐めた。それを確認したのち、コルトは犬の頭を撫ではじめる。

そのさまを見ながら、ケイトリンは答えた。

「グリュンよ」

「森林の妖精(グリュン・シー)か。良い名前だ」

「知ってるの？　パーマーおじさんも妖精が見えるの？」

「コルトでいい。おじさんは勘弁してほしいなあ」

おどけて肩をすくめる姿に、ケイトリンがくすくすと笑う。

「いいわ。コルトおにいさん」

「ありがとうケイトリン。さっきの話だけれど、残念ながら僕には妖精を見る能力がないんだ。だけど、セーデルホルムにはたくさん精霊がいるからね。彼らの機嫌を損ねないためにも勉強したよ。森林妖精は古い絵本に出てくるよね」

「そうなの。いまはもうないけど、むかしは絵本を持っていたのよ。おじさんは探してくれるって言ったけど、わたしが題名をおぼえていないから」

「オーケー。僕が探してあげる。クリスマスには間に合わなかったけど、見つけ次第、君のおじさんに預けることにしよう」

見知らぬ大人の登場にはじめは驚いていたケイトリンだったが、そこはコルトだ。グリュンを手懐け少女の警戒も解き、あっという間に仲良くなってしまった。いつものこととはいえ、メルヴィには真似のできない人心掌握ぶりに舌を巻く。こういうところは一生勝てない。

クリスマス仕様で、料理を多めに準備しておいて正解だったとつくづく思う。今日は立食形式で椅子を壁際に退避させているため、人数が増えても食卓に影響しないことも幸いした。

予告なく訪ねてきたコルトにどう対処しようかと悩ましく思っていたメルヴィだったが、アダムは寒空の下に訪れた客人を追い返すようなことはしなかった。

軍に所属する仲間という意識もあるのかもしれないが、仲が良いというわけでもないのだろう。そもそもコルトからアダムの名を聞いたことがない。

ふたりは会話もなく、場の中心となって如才なく振る舞うコルトのほうがむしろホスト側に見えてくる始末だ。

（すこしは遠慮しなさいよね。アダムさま、気を悪くしているのではないかしら）

表情はいつもどおり。温度の低い眼差し、ぎゅっと引き結ばれた唇。

アダムの標準装備といえるものだが、いつもより近寄りがたい空気を醸し出している気がしてならない。

あのポールですら心配そうなようすなのだから、メルヴィの思い違いではないはずだ。陽気に話しかけてくるコルトに、つい不満そうな顔をしてしまうのは仕方のないことだと思う。

そんなメルヴィの気持ちは把握しているだろうに、コルトは楽しそうにしていた。この自称『兄』は、メルヴィの感情が動くことを喜ぶ節がある。かつて、縮こまってばかりだったころを知っているからなのだろう。

だからこそ、あまり怒れないのだが。

空いた皿を片づけにキッチンへ向かい、ぬるま湯で流して、ざっと汚れを落としておく。すると背中から足音が聞こえた。

「なあに、一緒に片づけでもしてくれるわけ？」

「自分のものは自分で片づけなさい。ロサのルールだな」

「コルトは要領がいいから、やったように見せかけるのがうまかったわよね。おばあちゃんには全部ばれていたけど」

「メルは手抜きがヘタだよな。だから僕たちは互いをフォローできた」

「ねえ、本当はなにをしに来たの？　紹介した手前気になったなんて、嘘でしょう？」

「気になったのは本当だよ。スペンサーがこの家をどんなふうに扱っているのか。気になって当然だろう?」

コルトにしてはめずらしく冷ややかな物言いに、メルヴィは驚いて彼の顔を見る。薄暗いキッチン。暖炉の火がコルトの反面を照らし、陰の部分から怜悧な眼差しが突き刺さる。

「メルはセーデルホルムから距離を置いていたけど、僕は違う。僕はいずれ、ロサの家を買おうと思っていたんだ。だからずっと気にしてきた」

「……知らなかった」

「言ってなかったからね。黙って買い取って、驚かせようと思っていた」

自分たちの後見人となったオズワルド・パーマーは、この家がジェフリー・スペンサーに名義があることを知っていたらしい。

考えてみれば当然だ。ロサは彼にすべてを託したのだから。

コルトがロサの家を所有したいと考えていることもわかっていたが、それは一介の若者がスペンサー家から権利を買い取る必要があるということだ。

コルトはそのために、ありとあらゆる努力をした。

後ろ盾のない自分が、社会的な立場を手に入れる方法はなにかと考え、軍学校のエリートコースに乗った。パーマーの名を利用することも厭わず、こころを読む能力を活かし、周囲にやっかまれることを承知のうえで、昇進試験を受け続けた。すべては、この家を手に入れるため。

ところが、放置されていたジェフリー・スペンサー所有の物件を、別荘として使うつもりであるという情報がまわってきた。こうなってしまってはもう、コルトが手をつけるわけにはいかない。

「遅かったんだ。悔しいけど仕方がない。スペンサーは悪評も聞かないし、問題のある家じゃない。だけど都会生まれの彼らが、片田舎のちっぽけな家をどう改築するのか。僕らが育ったロサの大切な家の雰囲気が損なわれるんじゃないかって、気が気じゃなかったよ」

それからはスペンサー家のことを調べ尽くした。その過程で知ったのがケイトリンのことだったらしい。少女を取り巻く状況は気にはなるけれど、表立って手を貸すわけにもいかない。

じつのところトラン国内において、異能力者の存在は認識されているのだ。しかし、国として公(おおやけ)に認めるのは難しいこともあり、見守っているのが現状である。どうやって手を貸そうか。相手の年齢が幼いだけに動けなかったが、契機が訪れた。保護者のアダムが負傷したのだ。

上から手をまわして長期の休暇を取るように仕向け、そうして何食わぬ顔でメイドを斡旋することにした。妖精が見える少女の世話をセーデルホルムの家でおこなう事態に、もっともふさわしい女性を。

「スペンサー家の方々に会ったことはないけれど、皆さまとても良い方だわ。この家の在り方はなにも変わっていない。元の家を、とても大切にしてくださっているのだと感じる」

「そうだな。中に入って驚いたよ。このキッチンだってそうだ。懐かしいね。ここで料理をして、あのテーブルへ運んで、三人で食べた」

「ええ、そうね」

もう戻らないけれど、楽しかった日々の記憶は、今もここに息づいている。

「うん。彼は合格だよ」

「だから、失礼よ。そんな言い方」

「あとはおまえ次第だよ、メル」

「……なんのこと?」

「そういう虚勢の張り方はメルらしいけど、たまにはその壁を崩してみるのも悪くないと、僕は思うよ」

遅くなりすぎないうちにとコルトは辞した。

泊まっていかないのかと問うたが、町に宿を取っているとのこと。酔い覚ましに歩いて帰るという彼を見送って戻ると、ケイトリンはすでに舟をこいでいた。今日はいつになくはしゃいでいたし、このところ準備もがんばっていた。アドベントカレンダーのために早起きもしていたようだし、疲れが溜まっていたのだろう。

ふらふらと進む背中を支えながらベッドへ導いて、早々に部屋を出る。パーティー用に動かしたテーブルの移動などは明日にまわすことにして、食器の類だけを片づけた。ざっとした掃除はポールに任せて、メルヴィはキッチンへ。家中の灯りをすべて落としたのち、自身に宛てがわれた部屋へ戻った。

けれど、なんだか寝つけない。ひさしぶりにコルトと話をしたせいだろうか。引きずられて、気持ちが過去へ戻ってしまったようだ。

そっと廊下を歩いて、メルヴィはふたたびリビングに足を踏み入れる。締めきった分厚いカーテンをすこしだけ開けると、室内に青白い月明かりが射しこまれた。

月光には特別なちからがあるのだとロサは言ったけれど、満月の夜に彼女は死んだ。

ああ、駄目だ。

感傷的になりすぎて、メルヴィは頭を振る。

「どうかしたのか」

「いえ、寝つけなかっただけですわ」

夜のしじまに、低く穏やかな声が響いた。

落ち着きがあって、けれど耳に届くとメルヴィのこころを震わせる声。

振り返るとアダムがゆっくりと歩いてきて、メルヴィの隣で足を止めた。

傍に生まれた気配にさっきまでの寂しさが薄らぎ、そのことに泣きたくなる。他人が近くにいることが怖くないだなんて、本当に自分はおかしくなってしまったようだ。

この距離に立てるのは、あとほんの数日しかないのに。

アダムには求める誰かがいて、それは自分ではないのに。

「ありがとう、君のおかげだ」

「なんのことでしょうか」

「ケイトリンだ。あの子は明るくなった」

「私はきっかけにすぎません。ケイトリンが前を向くちからを手に入れる下地を作れたのは、アダムさまなのです。これからもきっと大丈夫です」

本を抱えて、文字を教えてほしいと乞う顔を思い出すと、胸が痛む。在りもしない未来の約束は、もうできない。

我知らず重い溜め息が落ちたとき、頭上に影が射した。

雲が出たのかと振り仰ぐと、こちらを覗きこむようにアダムの顔がある。普段は感情の読めない瞳に不穏な色が漂い、メルヴィは咄嗟に後ずさった。

冷たい壁に背を付けたとき、アダムの大きな手がメルヴィの肩をつかむ。

「パーマー中尉とは、どういう関係だ」

問われ、息を呑む。コルトとのつながりは、あまり表沙汰にしていいものではないだろう。彼の意向を確認しないまま、メルヴィが勝手には答えられない。迷惑がかかってしまう。コルトだけではなく、オズワルドにも。

どう返すべきか躊躇（ためら）うメルヴィの顔を、アダムは己に向けさせた。

「……気づいているのか」

「なに、がでしょう、か……」

「ここは、ヤドリギの下だ」

君は拒めない。

囁きとともに、熱が生まれた。

性急な口づけに喘ぐメルヴィの吐息すら閉じこめて、アダムの熱に包まれる。

深く長いキスに翻弄されて、視界に星が瞬く。

メル……。

吐息混じりの呼びかけに答えることもなく、メルヴィは意識を手放した。

12　魔女の帰る家

早朝、アダムはひとり外へ出た。太陽は昇ったばかり。セーデルホルムの町も起き抜けだ。

どこからか聞こえる鳥の声、白く立つ息。外套の襟を立てると、ゆっくりと丘をくだる。昨晩、本人から聞いた宿の名を頭に浮かべ、その場所を目指す。

まだ早い時間だというのに、コルト・パーマーは身支度を完璧に整えた状態でアダムを迎え入れた。どこか人を喰ったような笑みを絶やさない男だが、今日の彼はすこし違う。宿泊している部屋をいきなり訊ねてきたアダムに対して浮かべた笑みは、ひどく穏やかなものだった。

小さなテーブルに置いた紅茶が湯気をのぼらせる。対面に座るコルトは、カップを取り上げてひとくち含んだあと、改めてアダムに笑みを向けた。

「思っていたよりも早かったですね。嬉しいというか、いざとなると複雑というか」

「なんの話ですか」

「すべてお話ししますよ。きっとあいつは言わないでしょうから」

「だからなんの話だと」

声を荒らげるアダムに、コルトは視線を右へ送る。

結露した二重窓の外は見えにくい。けれどその方角にあるのは、アダムたちがいるスペンサー家の別荘。

「僕は我ながらクソ生意気なガキでしてね、手を焼いた両親によって、十歳のときに、このセーデルホルムの教会に預けられました。悪魔憑きとして」

「悪魔？」

「他人が考えていることがね、わかるんですよ。聞こえるんです、こころの声が。そんな僕を見て、シスターはある家に連れて行ってくれました。そこには同じちからを持っている子がいるから、と。小高い丘の家に建っている、緑の屋根の家でした」

「それは――」

丘を上った先に見える、森の緑よりも濃い色に塗られた屋根。付近に人家はなく、なかば隔離されたような位置にあるけれど、柔らかくこちらを出迎えてくれる印象のある家。

「セーデルホルムの魔女の家。魔女のもとには、見えないなにか――妖精たちに囲まれて生きている女の子がいました」

「妖精……」

「ええ、そうです。僕とメルは、あの家で育ったんですよ」

コルト・パーマーは語った。自分とメルヴィが持つ特異性を。

他人のこころの声が聞こえてしまう。けれどメルヴィはもっと強いちからを持っているのか、感情そのものが視覚化されてしまう目を持っている。それらは色を伴い、視界を覆いつくす。瞼を閉じてもその裏側へ入りこみ、他人のこころを見せつけてくるため、気が休まる暇がない状態。コルトが出会った当初のメルヴィは、顔色が悪く、萎縮してばかりの女の子だったというから驚きだ。

アダムが知る彼女は、陽だまりのような存在だ。他人を思いやり、他人のために動いて、かかわった人びとを笑顔にできる、そんな女性。

ふたりの育て親である魔女ロサは、メルヴィに起こっている現象は、精霊たちの仕業だろうと言った。

精霊に愛されているメルヴィ。

しかしそれは、人の世では生きづらい能力。彼らは人間とは違う理（ことわり）で生きている。それに倣っていては、ひとの世界では暮らせないし、他人に理解されずに距離を置かれてしまいかねない。ケイトリンがそうであったように。

（そうか。だから彼女は俺の無理解にあれほど憤り、ケイトリンに寄り添えたのか）

雇い主であるはずの自分に啖呵を切った姿が思い出される。二十四歳と聞いていたが、まるで十代の娘といっても差し支えない印象だった。その後、ケイトリンと接する姿はぐっと大人びて年齢以上の落ち着きを感じさせ、面喰らった。

家政婦としてだけではなく、子守としても有能な女性。

だが彼女は語学にも長けていて、幼少のころから外国語を学んできた己でさえ辞書を必要とする文章を、造作なく読み進めることができた。外国からの賓客をもてなす仕事も請け負ったことがあるという。それらは軍の事務局でも優遇される能力のひとつである。

通訳を兼ねたメイドは重宝されるそうで、積極的に言葉を学んだと言っていた。その数、五か国。うちひとつは発音に自信がないと首を振っていたが、読み書きができるというだけで立派なものだろう。

メルヴィとコルトは、十年ほど生活を共にしたのだとか。実親と縁が切れているふたりにとって、互いは家族のようなものだったという。そういえばメルヴィは「祖母と兄の三人暮らしだった」と言っていたと思い出す。

高齢のロサは己の死期を察していたのか、養い親を探してくれていた。

亡くなったあとでロサからの手紙を持って現れたのが、コルトの養父である司法官のオズワルド・パーマー。

こころに隠している秘密を読み取れる能力は、国にとっても都合がいい。一部の権力者によって、能力者は捕捉、監視されているらしいと聞いて慄く。

軍の上層部でも大将クラスしか知らない事実だが、政局でも一部の層には明かされている。アダムの祖父も支援者のひとりだったというから驚きだ。あの祖父が、こんな秘密を抱えていたとは。

(もしや知っていたのか？　だから遠く離れたあの家を手放さず、ずっと大事に隠していたというのか)

幼い能力者を保護するために援助していたのだとしたら、セーデルホルムの家を誰も知らなかったことにも納得がいく。

考えこむアダムに、コルトは言葉を続ける。

「国の偉いひとが考えることなんて、そんなものでしょう。権力とは汚いもので成り立っている。僕はこういう性格なので、どうせならとことん利用してやろうと思いました。養父はそういう面も含めて僕を受け入れて、自由にやらせてくれています。軍で働いているのも、そのひとつです。だけどメルは違う。あの子は優しすぎるんですよ。だから心配だったんです」

こころをすべて覗かれてしまうなんて、歓迎できるわけがない。

誰にだって知られたくないことはあって、秘密を抱えているものだから。

ゆえにメルヴィは、他人にかかわらないようにして生きることを信条としていた。セーデルホルムだけで暮らしていたころはそれでもよかったけれど、ロサ亡きあとは生き方を考え直す必要に迫られた。

軍人として国に利用されながら逆に利用してやろうと決めたコルトとは違い、メルヴィはメイドという仕事を選んだ。はじめは驚いたコルトだったが、それもメルヴィのためになるだろうと考えを改めた。彼女はもうすこし、他人とかかわるべきなのだ。あきらめてしまうまえに。

それにメルヴィの本質は優しさにある。自分が不思議な存在に苦労させられたぶん、誰かを助けてあげようという気持ちが強い。ロサの教えもあるのだろう。そんなところが律儀で真面目なメルヴィらしいとコルトは思う。

メイドとしてのメルヴィは、短期間を主にした仕事を中心にしていた。長く付き合うまえに、姿を消す。ひとつの場所には決して留まらない。自身が抱える秘密を知られないように、不審を抱きはじめる期間ギリギリを狙って移動する。

そんなふうに距離を取ろうとするくせに、困っている誰かを助けようと手を差し伸べてしまうのだ。それで大変な目にあったことだってあるのに。

「ケイトリンのことは、裏で噂になっていたんですよ。不思議な目を持っているのではないかと。だから、メルを向かわせることにしました」

そしてコルトの思惑どおり、メルヴィはケイトリンを助けた。

この家で自分がロサに救われたように、なにも知らない少女の手を引き導いた。いままで以上に、こころを砕いた。まるで幼いころの自分自身を助けるように。

おそらくメルヴィは、これまでと同様に去ろうとするだろう。一か月の契約期間を正しく守り、それ以上に逸脱することはしない。できない。

そしてふたたび旅立つ。

新しい家を求め、けれど決して留まることなく、永遠に彷徨い続けるのだ。失ってしまった、もうどこにも存在しない『帰る場所(マイホーム)』を探して。

「貴方はメルのことを恐ろしいと思いますか？　すべてを見通してしまうあの子を、見えないなにかを見てしまうあの子を、気味が悪いと思いますか？」

「俺は……」

問われ、アダムは自問した。

なにも感じないかといえば、きっと嘘になる。

妖精が見えるのだと告白されたとき以上の衝撃に、アダムのこころは、まるで嵐の海原に漕ぎ出した船のように揺れていた。

だが、気味が悪いわけでも、恐ろしいわけでもないのだ。

腑に落ちた。その言葉がきっといちばん近い。

どこか一歩距離を取るような態度を保っているのは、使用人としての分を侵さないゆえだと思っていたが、そうではなかった。寄り添おうとしながら近づかせない頑なさには、そんな理由があったのだと理解して、そのことが苦しい。

出会ってからのメルヴィの顔が、声が、アダムのこころに浮かび、膨れあがる。溢れそうになる。

言葉にならず膝に置いた拳を強く握っていると、コルトは泣きそうな顔をして立ち上がった。卓の上に置いていたカードを手にして戻り、アダムにそれを差し出す。

「メルに渡してください。僕からのクリスマスプレゼントだと。妹を、よろしくお願いします」

◇

玄関を開けてまず聞こえたのは、ケイトリンの泣き声だった。ポールが宥めるも、ますます大声をあげるばかりなのか、あの執事がオロオロしている。

「どうした」

「おじさん！」

アダムの姿を認めたケイトリンが、涙でぐちゃぐちゃになった顔そのままで駆け寄ってきた。

「どうして？　やっぱりわたしが悪い子だから、メルはいなくなっちゃうの？　わたしがさいしょにイヤなことを言ったから、わたしのことがキライになったの？」

「どういうことだ」

「メルヴィ嬢が、お嬢さまにお伝えしたのです。あと数日で仕事が終わって出て行くと」

「ずっといてって言っても、ダメだって言うの。一か月だけってやくそくだから、それいじょうはダメって」

ボロボロと涙をこぼすケイトリンの嘆きは、その表情と相まって、見ているこちらが苦しいほどの哀しみとなり伝わってくる。

感情表現に乏しいと言われがちな自分ですらこうなのだ。他人のこころが見えてしまうというメルヴィに、ケイトリンはどう映るのか。自分がいま感じている以上の痛みを感じているのではないか。

彼女はいつも、こうなのだろうか。いくつもの別れを抱え、傷だらけのこころで笑っているのかと思うと、居ても立ってもいられなくなる。

「違うんだケイトリン。悪いのはおまえじゃない。俺だ」

昨晩、窓辺に佇むメルヴィにキスをした。

コルトと親しそうに見つめ合う姿に嫉妬して、乱暴に唇を奪った。震える唇を貪った。

まるで獣だ。言葉を持たないにもほどがある。部屋にいない彼女を探していた理由も伝えず、なにをしているのか。

「ケイトリン、メルにいてほしいと思うか?」

「……ずっといっしょがいい」

「そうだな。俺も同じだ」

鼻水をすする少女の頭をひと撫でして、アダムはメルヴィがいるであろう部屋へ向かう。おそらくようすはうかがっているだろう。未来を提示できない以上、声をかけられないだけで。

許可を得て入室すると、部屋の中はこざっぱりとしていた。すこしずつ荷を片づけているのだとわかり、怒りとも哀しみともつかない感情がせり上がってくる。

「申し訳ありません、ケイトリンへうまく伝えられなくて」

「パーマー中尉から、すべて聞いた」

うつむいて謝罪するメルヴィにそう返すと、目に見えて大きく肩を震わせた。そのまま顔をあげようとしない彼女に近づくと、昨夜のように一歩下がるそぶりをする。その腕を摑むと、メルヴィは小さく声を漏らした。

「契約は、途中で破棄していただいてかまいません。これまでにも、そういうことはありましたから。申し訳ありませんでした」

「何故、謝罪するんだ」

「だって、コルトからお聞きになったのでしょう？　こんな不気味な女は――」

「どうして決めつけるんだ！」

アダムの強い言葉に、メルヴィは唇を噛んだ。

まるでこころの中を読んでいるようだと誹られたことは、これまでに何度もあったことだ。そのたび、彼らは恐怖に顔を歪めて言うのだ。魔女だ――と。

そのさまは、まるで中世の魔女狩りのよう。働くことで築き上げてきた信頼関係は一瞬にして瓦解し、向けられてきた感情が一気に反転する。

「だってそうじゃありませんか。こころを読まれるなんて、そんなことをされて誰が喜ぶというんですか」

「すべて聞いたと言っただろう！　君がどれほど苦心して己を制御しているのか。それに君は、俺のこころを暴こうとはしていない」

「アダムさまは、こころを律することに長けていらっしゃるから、よほど注意しないかぎり『声』は聞こえません」

力なく首を振るメルヴィに、アダムは続けた。

「俺は口がうまいとは言い難い。どう言えばいいのかがわからない。だから、君がこころを読めるというのなら、そのほうが助かる」

メルヴィの手首を摑んで寄せて、手のひらを自身の胸に宛てがう。

「読んでくれ」

いつになく執拗なアダムの行動に、メルヴィの胸には苛立ちが生じた。

どうして放っておいてくれないのだろう。こころが読めることを知られたら、そうして距離を取られてしまったら。想像すると怖くて怖くて、死んでしまいそうになるのに。どうしてこんなにも、わからず屋なのか。

メルヴィはなかば自棄になって、自身の内にある『壁』を取り払う。

その瞬間、堰を切ったように熱いものが押し寄せてきた。


玄関扉を開けて、最初にあいさつをしたとき。

妖精が見えるというケイトリンを庇って啖呵をきったとき。

ケイトリンやグリュンと過ごす時間。

アダムと共に、書斎でたいした会話もなく書類をめくる時間。

手紙の内容について確認したこと、仕事について訊ねたこと、休憩時間にお茶とお菓子をふたりでこっそり楽しんだこと。

キッチンに立つ姿、掃除をしている姿、庭に出て妖精を眺めている姿。

いつのまに、いつから、どこからなのかわからないほど、アダムの瞳に自分の姿が捉えられていたことに驚き、胸が騒いだ。

　そうやって、彼から見た自分の瞬間瞬間が映写機のフィルムのように流れながら、低い声が語りかけてくる。


一か月と言わず、もっと長く過ごせたらどれほど素晴らしいことだろう。たった数週間で君は俺の世界を変えてしまった。君なしではいられないぐらい、君のいない生活が考えられないぐらい、君と出会う前はどう過ごしていたのか思い出せないぐらい、俺のこころは君でいっぱいだ。

君が好きで。

好きなんて単純な言葉では表せないぐらい、君が欲しくて。

愚かしいほどみっともない真似をしてでも、傍に置いておきたいと願ってしまう。

愛している、愛している、愛している。


　真正面から浴びる愛の言葉の熱量に、メルヴィの顔はこれ以上ないほど赤く染まった。彼の胸に宛てがった手は、言葉だけでなく高まる鼓動を伝えてきて、その振動にメルヴィの心臓も共鳴しはじめる。

　呼吸の仕方がわからなくなる。息が苦しい。

「昨夜はすまなかった。やり直しをさせてくれ」

アダムはそう悔いて、メルヴィの手を胸から剝がす。掌を上に向けさせて、そこに見覚えのある小さな箱を置いた。

あの日、宝飾店で見た場面。小箱に向けた眼差し、その向こう側にいるであろう相手に嫉妬したことが蘇る。

「新しい契約を結びたい。ケイトリンが望むからではない。俺自身に君が必要なんだ。結婚してくれ、メル。俺は、君の帰る場所になりたい」

メルヴィの家。

両親に捨てられて、ロサを失って、もう二度と手に入らないと思っていた場所。

アダムは、決して嘘は言わないひとだ。

大人の事情を鑑みられないケイトリンのために、その場かぎりの、メルヴィを引き留めるためだけの言葉はくちにしないひとだと知っているから。

「私、は……」

渦巻く感情をうまく制御できない。すっかり壁は取り払われて、精霊たちも騒いでいる。

メルヴィ。メルヴィ。よかったね。

幼いころからずっと傍にいた隣人たちが、嬉しそうに飛び跳ねる。柔らかな色に溢れ、世界が彩られる。

——メルヴィ。大丈夫よ。想いは巡り、必ず還ってくるわ。

耳もとでロサの声が聞こえた気がして、あらたな涙が滲んでくる。

おばあちゃん、私ね。

「……お傍に、いたいのです。あなたと、ケイトリンの。ずっと、この先の未来も、ずっと、一緒に」

「ああ」

「私でも、いいのですか?」

「君でなければ駄目だ。愛している」

「私も、アダムさまのことが、好き、です」

こころの声と、耳に届く声が重なって、抗いようもなくメルヴィは頷いた。偽りのないまっすぐな感情に縫い留められて、動けない。

とめどなく流れる涙をアダムの唇が拭い、やがてメルヴィのそれに重なった。

男の懐から、一枚のカードが滑り落ちる。ひらりと舞い落ちたそれは、寄り添うふたりの足もとで、満足そうにその文面を晒していた。

メリークリスマス
メル、今年のプレゼントはその男だ
せいぜい、大事にされろ
おまえの愛する兄　コルトより

〈了〉

雪かきの支度

中央都市部出身のアダムにとって、その光景は異界にも等しいものだった。たったひと晩のうちに雪が降り積もり、一面が銀世界。滞在している家は丘の上に建っていることもあり、景色を一望できる。

右側は隣国ケランとの境界である山脈へつながる森が広がっており、白い雪の隙間から枝葉が覗いている。そこから視線を巡らせると、ひとけのない草地がまっしろに染まり、連なった杭がなければ通り道との判別がつかないほどだ。いったいなんの意味があるのかと疑問に思っていたが、なるほど、こういう意図があったのかと腑に落ちる。

馬車が通行できるほどに踏み均(なら)された道とただの草原では、地面の固さが違う。同じ感覚で歩いていると怪我をすることだろう。そして左に見えるのがセーデルホルムの街並みだ。

赤や青に塗られた屋根は今日ばかりは白い雪で覆われている。ぽつぽつと立っている煙突のおかげで、そこに民家があることを知れる。すでに除雪されているのか、町の中心部へ向かう道が、まるで白いキャンバスに絵筆を走らせたように曲線を描いていた。

「……これは、すごいな」

感嘆の声が漏れ、吐き出した言葉とともに、己のくちから白い息が上がる。セーデルホルムの冬は厳しいと聞いてはいたが、予想以上だ。

冬の休暇をこちらで過ごすことにしたとき、北部出身の上司がどこか自慢げに語っていたが、彼の弁はあながち間違ってはいないと思えてくる。

すなわち、セーデルホルムには雪の妖精が住んでいる、と。

「どうされたんですか？」

かけられた声に振り返ると、玄関扉から女性が顔を覗かせていた。

外の様子を見てくると言ったきり戻らない自分を心配したのだろうか。セーデルホルムの出身で、この家のかつての住人でもあるメルヴィは、一夜で降り積もった雪に動じたようすもなく、悠然と構えている。たしかにこの天候を予言したのは彼女だ。

首を傾げるメルヴィを見ながら、アダムは昨夜のことを思い返す。あれは、ケイトリンがベッドへ入ったあと、リビングで過ごしていたときのことだ。窓の外を見ていたメルヴィが、ふと呟いたのである。

「おそらく今夜、雪が降ります。朝には積もっていると思いますわ」

「そうなのか？」

夜空には月がかかっている。雲の欠片すら見出せないこの空模様と雪が結びつかず、声に疑いの色が含まれていることは伝わったのだろう。メルヴィは「おそらくですが」と前置きをしつつ、自身の見解を述べる。

「雪精霊が下りてきているんです。こういう日は、雪が降ります。それもたくさん」

「その精霊はどんな姿をしているんだ」

「とても小さいです。そうですね。親指の爪ぐらいかしら」

言って、自身の手を広げると、こちらに見えるように掲げる。細く白い指。そのうちのひとつを飾っている指輪は、クリスマスの翌日に自分が贈ったものだ。外さずに付けてくれていることに、胸が熱くなる。

指輪をなぞるように手を這わせると、メルヴィがびくりと震えた。視線を向けると、恥ずかしそうにうつむいている。その仕草がまた愛おしく、アダムの顔には笑みが浮かんだものだ。

彼女の言葉を信じていなかったわけではないのだが、雪の規模がここまでとは想定外。降雪地への遠征訓練は幾度か経験しているが、ここまでひどいものはなかったように思う。訓練ではなく、実務になりかねない事象だ。

厚手のケープを肩にかけ、体を包むようにして出てきたメルヴィは、門前に佇む己の隣へ来ると足を止め、同じように辺りを見渡した。

「そんなに驚きましたか？」

「ああ、中央でも雪は降るが、こんなふうに積もるのは稀だからな」

「たしかに仕事でいろんな土地に行きましたけど、雪で動けなくなることはなかったですね」

冬の期間は北部での仕事はしていなかったこともありますけど——と続けて、大きく息を吐く。彼女の小さなくちから白く息が立ち上り、こちらに届くまえに消えてしまうことが名残惜しい。いや、本当に惜しいのは薄く色づいた彼女の唇のほうだ。

男慣れしていない初心な彼女に、己の欲ばかり優先させるわけにもいかない。抱き寄せて触れたくなる衝動をおさえて、アダムは問いかける。

「対処法はないのか？」

「この雪に対する、ですか？　と言いましても、せいぜい雪かきをするぐらいしか方法はありませんわ。今日は天候もよくありませんし、太陽の光を拝めそうにないですから、雪が融けるということもないと思います」

「そうだな。せめて、町へ下りるための道ぐらいは整えておくべきか」

「昔は、町の皆さんが途中までの道を作ってくださっていたのですが、今はそういうわけにもいきませんね」

「雇うという手もあるが」

「どちらにせよ、下へ行くための道は切り開く必要がありますわ」

準備しましょう。

そう言って見上げてくる顔は、やる気に満ちている。

まさか彼女自身が作業するつもりだとは思わなかったアダムは、細い肩に手を置いて言い聞かせる。

「俺に任せてくれ。君は中で待っていてほしい」

「あら、こう見えても力仕事は得意ですのよ。歩きにくい雪の中、腰が悪いポールさんに無理をさせたくありませんし、この雪原、ケイトリンを外へ出すのは危険です。ふたりには家で待機してもらうほうが良いと思いますわ」

「危険というなら、君だってそうだ」

「アダムさま。私はここに住んでいたんです。今よりずっと子どものころです。おばあちゃんとコルトと三人で雪かきをしたものです。だから大丈夫です」

「しかし」

「道具の場所も手順も、私のほうがきっとずっとくわしいですわよ？」

そこを突かれてしまうと、アダムは黙るしかない。不慣れな土地において、かつての住人――先達の言葉は大事である。

渋面をつくるアダムが反論できないことを悟ったのだろう。メルヴィは朗らかな笑みを浮かべ、「では、まずは着替えましょう」と言うと、家の中へ向かう。

その背中を見送って、アダムは大きく肩を落とした。

敷地を囲う石壁の隅に立てかけてあった棒を数本、メルヴィに指示されるまま玄関口まで運び、明るい色の端切れを上部に結びつける。雪の深さを測るために使用するらしい。

◇

目測では膝の高さといったところだが、町へ伸びる道は下り坂。また、石や草など、普段なら気にも留めないものに足を取られる可能性も考慮し、杖や支えも兼ねて一定間隔で目印の棒を立てるようにしているという。

他の道具は、裏手にある倉庫の中だ。庭に積もった雪を掻き分け、踏みしめながらアダムが先導し、普段の倍の時間をかけてようやく辿り着く。倉庫の扉前に積もった雪を手足で払ってから、扉を開けた。

屋外倉庫は、この家に手を加えたときも取り壊されることなく、そのままになっている設備のひとつ。年季の入った石造りの小屋は頑丈で、メルヴィ曰く食料保存庫も兼ねているらしい。隅に置かれた籠には日持ちのする野菜類がいくつか入っており、それらはデニスの采配によるものだ。

人数に対して貯蔵量がやけに多いように感じていたが、降雪を目の当たりにして納得する。今日ばかりは町から通ってくるのは難しい。あるものを駆使して、こちらで食事の準備をするしかないだろう。

職場の上司も言っていた。天候によっては物流が止まるため、常備野菜は必須であると。

今日のような日は外出せず、屋内にこもって家族だけで過ごす。

それが北部の冬の過ごし方なのだ。

光量不足で薄暗いにもかかわらず、メルヴィはじつに手際よく必要な物品を探し出していく。彼女が知るかつての倉庫と変化はあるだろうが、それでも物の配置は変わっていないのか。もしくは、敏腕メイドの勘というやつかもしれない。

短期の仕事を中心に、数々の邸を巡っていたメルヴィである。どこにどんなものを仕舞っているのか。経験則からの想像だけではなく、初見で理解し把握する能力に長けているのだと、一か月の契約期間のうちにアダムは気づいた。もちろん今回の仕事に関しては、かつての住居であったというアドバンテージはあるのだろうが。

知らない人間が余計な手出しをしないほうが、物事はスムーズにまわる。

メルヴィの挙動を眺めていたアダムではあったが、彼女が古びた脚立を取り出し、棚の上にあるものを取ろうとしはじめたときには、あわてて止めに入る。以前にも同じことをして止めたが、やはり危機感が足りない。

「危ないから勝手な行動は慎んでくれ」

「……以前にも思いましたけど、アダムさまは心配のしすぎだと思います。高い、なんていうのもおこがましいぐらいの段数です」

「君こそ過信のしすぎだ。たとえ腰程度の高さであったとしても、足を踏み外せば挫（くじ）く可能性はあるし、転倒して腰を打つこともある。それだけではなく、どこかに頭をぶつけてしまうことだってありうる。高所における作業は、ふたりでおこなうのが鉄則だ」

　言いきって、アダムはメルヴィを見据える。まるで部下に苦言を呈するような口振りに、メルヴィはなんだかおかしくなってきた。

　以前に注意されたときには、頭の固い、女性蔑視のひとかと思ってしまったものだが、きっとあのときも同じようなことを考えていたのだろう。ポールが、坊ちゃまは心配なさっているのだと言ったときは半信半疑だったけれど、今はよくわかる。アダム・スペンサーという男は一見すると不愛想だけど、根は優しいひとなのだ。亡くなった友人の娘を引き取って育てようとするぐらい、愛情深いひとでもある。

　ひとは見かけによらないというけれど、アダムは随分と損をしているのではないだろうかと、メルヴィはいらぬ心配をしてしまう。

特殊な能力――他人のこころの声が聞こえてしまうという異能を持っているメルヴィですらそう感じるのだ。普通のひとは、アダムの顔を見ると怯んでしまうのではないだろうか。軍人という職業柄なのか常に言動も固いため、近寄りがたい雰囲気もある。

（……でも、おじさんは女のひとにモテるんだって、ケイトリンが言っていたっけ）

彼の養い子であるケイトリンは、幾人ものメイドや子守を見てきている。そのなかには、仕事そっちのけで雇用主であるアダムに媚びを売る女性もいたのだとか。

七歳の子どもに気づかれる時点でおおいに問題があると思うメルヴィだが、こころに生まれる苛立ちは、たぶんすこし性質が異なるものだ。

つまり、アダムの周囲にいた女性たちに対する嫉妬。

自分の知らない彼の姿を知っていることへのやっかみ。

胸を焦がす思いはこれまでにない感覚で、未だ戸惑いが大きく、持て余し気味でもある。

「……すまない。言い方が悪かったかもしれないが、俺は」

「いえ、おっしゃることはよくわかりました。軍人さんならではの視点で、私ではそこには思い至らなくて」

今後は気をつけますとメルヴィが頭を下げると、頭上からアダムの動揺した声が降ってくる。

「やめてくれ。謝罪させたいわけではないんだ。見たところ、その脚立は古いようだし、今にも壊れそうで」

「こう見えても頑丈なんですけどね。使われている素材がしっかりしているので、大工道具にもよく使われているんですよ。でもたしかに、使うひとがいないまま放置していたから、劣化しているかもしれません」

メルヴィがこの地を離れたのは十六歳のころ。以来、遠ざかっていた。

コルトは彼なりの理由があって何度も訪れていたらしいことは先日知らされたが、メルヴィは駄目だった。

思い出が多すぎて、囚われてしまう。

この地に住む精霊たちは、かつての主である魔女ロサを慕っていたし、精霊との付き合い方を教えてくれたのもロサだから。

だから、なにもかも、すべてがロサにつながっていて、引き寄せられそうになる。乞われるまま妖精の国へ行って、戻ってこられなくなりそうで、怖いのだ。

木材に指を添わせていると、それを上から覆うようにして、うしろからアダムの大きな手が伸びてきた。包まれることで伝わってくる熱に、メルヴィは指先の冷えを自覚する。

流れるようにアダムに背中から抱きしめられて、体が強張る。こういうことには慣れていないのだ。

「君を見ていると、上司が言ったことを思い出す」

「……なにをおっしゃったのですか？」

「彼はこの近くの出身なのだが、昔から『セーデルホルムには雪の妖精が住んでいる』といわれていて、その妖精は金色の髪と瞳をした女性の姿として多くの本に描かれていると」

戯れにひとの世に現れて、儚く消えてしまう雪の妖精。

雪の妖精譚は、どこにでもある御伽噺（おとぎばなし）だ。

妖精の世界からやってきた娘が人間の男と恋に落ちたが、それは妖精にとっての禁忌。掟を破った妖精の娘は融けて消えてしまう、悲恋の物語。

「君はときおり遠いところを見ていて、消えてしまうのではないかと思うほど儚く見える。今もそうだ。俺は感情の機微に疎い自覚はある。君のように、こころを察せるわけではないから、憂いがあるのならば聞かせてほしい」

耳もとをくすぐる声にメルヴィの頬が染まる。鼓動が早くなりすぎて、息がうまく吸えない。

触れた部分から伝わるのは熱だけではない。アダムのこころそのものがメルヴィの全身を覆い、包まれる感覚だ。

温かくて柔らかいオーラは、労りと愛に満ちている。

ロサやコルトから感じるものと同質であって、けれどそれよりも熱いもの。その差異がなんなのかを知ったのは、つい最近のことだ。

「……憂い、というわけではないんです。ただの感傷。私は結局のところ、弱いままなのかもしれません。こころを強く持たなければ精霊に連れて行かれるっておばあちゃんに言われて、コルトのおかげで変われたと思うけど、根っこの部分は変わっていないのかもしれない」

ロサが亡くなって独り立ちを選択したころから、同じ能力を持つコルトにも本音を隠すようになった。

精霊の助力があるメルヴィのほうが能力値は上ということもあり、隠そうと思えば隠せる部分は多い。コルトはそれを知っているし、あれで意外と野心家でもある彼は、そのことをうらやましくも思っているだろう。けれど決して悟らせないように律しているから、メルヴィも敢えて触れないようにしている。

強く生きることを己に課して、そうあるように顔を上げて生きてきた。

十代の後半からメイドとして仕事をして、年齢の割にしっかりしていると評されてきたのに、ここにきて崩れてしまったことが情けない。

「駄目ですね、もっとしっかりしないと。ケイトリンを不安にさせてしまいます」

「ケイトリンの導き手になってくれるのはありがたいと思うし、その姿は魅力的だ。しかし俺は、今の君も愛しいと思う。嗜虐的な思考かもしれないが、弱いところを見せてくれるのが嬉しいと思う。俺以外には見せてほしくはないが」

重ねられていた手が外れ、体にまわされた。男性の大きな体にすっぽりと包まれて、メルヴィは崩れそうになる。

熱い。

顔も、体も、どこもかしこも熱くて困る。

「メル……」

耳たぶに触れたアダムの唇に、メルヴィの思考は飽和。ついに力なく体を預けてしまって。

そうしてしばらく、雪かきの支度は中断された。


道具を持って扉を開けると、いつのまにかふたたび雪が降り出していた。

あらたに降り積もった雪により、ここまで歩いてきた足跡はとっくに消えてなくなっていることに気づき、いったいどのぐらい時間が経過したのだろうかとメルヴィは顔を赤らめる。

「……早く済ませないと、ますます雪が深くなってしまいますわ。それに、ポールさんも心配されているかもしれませんし」

「そうだな」

倉庫にいるあいだ、かすかに聞こえた物音は、ようすを見に来たポールだろう。

なにかを察し、声をかけずに去って行った執事の足跡すら消してくれた雪に感謝しつつ、アダムはメルヴィの頭に何度目かのキスを落とした。

男たちの友誼

北部一帯に降り積もった雪の影響は大きく、鉄道にも影響が出ているらしい。ニューイヤーまでには実家へ戻るつもりだったアダムは、計画の立て直しを余儀なくされた。

ポールが町で仕入れてきた情報によれば、購入しているチケットの払い戻しに応じるというし、振り替え輸送も優先的に受けられる手筈になっている。急ぐ旅ではないし、もともとは療養休暇。どうせならゆっくり休めと上司には言われているし、これは己に対する休養のすすめであると同時に、一同からレスターの娘への配慮でもあると感じている。彼らは皆、父親を亡くした幼い子どもに思うところがあるのだ。

セーデルホルムを訪れてからのケイトリンは、かつての刺々しさはなりをひそめ、七歳の子どもらしい無邪気さを取り戻している。いままで、どれだけ無理をして気を張っていたのか。アダムは己の不甲斐なさに恥じ入るばかりである。

予定が変更になった旨をメルヴィに伝えると、頷きとともに答えた。

「では、まだしばらくはこちらに留まるのですね」

「実家には連絡を入れておいた。雪による輸送の影響は中央にも届いているのか、くれぐれも無理はするな、とのことだ」

「せっかく親族が集まる機会ですのに、ご家族はさぞかしがっかりされていることでしょう」

「そうかもしれんな」

じつはついでにメルヴィのことも連絡した。結婚したい女性がいると。スペンサー家は蜂の巣をつついたような騒ぎになっていることだろう。主に母と姉を中心として。

学生時代から女っけのカケラもない末子に対して、彼女たちはヤキモキしていた。そんなアダムに意中の女性ができたとあらば、なにを言われるのか。かしましい母と姉にメルヴィを差し出すのは、もうすこし先にしておきたい。なにしろようやく思いを告げ、受け入れてもらったばかりだ。彼女との距離を縮め、関係を深めたいのはむしろ自分のほうなのである。

セーデルホルムから動きづらい状況は好都合。邪魔が入らないこの家で、ゆっくりメルヴィと過ごしていきたい。

そう思っていたアダムであったが、邪な願いほど叶わないのが世の常というものであった。

「しかし、ここまで交通機関が麻痺するとは思わなかったよ。鉄道というものは良し

悪しだね。セーデルホルムでもここまで雪が続くのは滅多にないよな」

優雅にカップを傾けるコルト・パーマーに、メルヴィは焼き菓子を差し出しながら溜め息を落とす。

「そうね。さすがに降りすぎかも。雪精霊たちが増殖しているのかしら」

「メルが帰ってきたからじゃないのか?」

「それを言うならケイトリンが来たからだわ」

「ゆきせいれいって、どんなの?」

「見に行ってみる?」

ケイトリンの手を引いて、メルヴィが庭へ向かう。その背中を目で追いながら、コルトは己に声をかけてきた。

「鉄道をいち早く全土に巡らせたのはエスピリア大陸ですが、無駄に張り合うより、あちらの技士を呼んで協力を依頼するほうがスムーズに進むと思うんですがね」

「トランはともかくとして、首を縦に振らない国が多すぎる。難しいでしょう」

エニスとエスピリア。海を挟んで向かい合うふたつの大陸は、なかなかどうして仲が悪い。双方の大陸における中心的な国が、かつて対立関係にあったせいだ。

「女神がさらに嘆き、大陸が沈まなければよいのですが」

肩をすくめて紅茶をひとくち。コルトが言う女神とは、創世神話に出てくる神である。

エニアスとエスピリアン。女神エメローディアの子どもにして臣下であるふたりの青年はたいそう仲が悪く、女神が地上を離れたあとも彼女の寵を争ってばかり。天上から眺めていたエメローディアは、ふたりの争いにこころを痛めて涙を流し、それが海となって大陸が分かたれた。エニス大陸とエスピリア大陸の謂れだ。

地質学的に考えると、ふたつの大陸は地続きだったといわれている。分断された理由は、地殻変動、海面上昇などいくつも挙げられるが、女神の涙を持ち出してくるあたり、彼らしい言い草だ。

見た目は女性にモテそうな優男。しかし内面は油断のならない策士。

けれど先日、もうひとつの顔を知った。

他者のこころを聞く異能力者。『魔女』に育てられた子ども。

そんな男が神話を語れば、まるでそれらが現実に起こったことのように思えてくるから不思議だ。

さて、そのコルトだが、雪のせいで立ち往生。セーデルホルムへも鉄道難民が宿を求めにやってきて、延泊も簡単にはいかない状態となったらしい。相部屋、もしくは雑魚寝を提案されたとこぼすコルトを見かねて、メルヴィがアダムに願い出てきた。彼を泊めてはもらえないだろうかと。

そしてこの状況である。

メルヴィはケイトリンの部屋へ移り、空いた部屋へコルトが入った。どうやらそこはかつて彼の部屋だったらしく、常に悠然と構えるコルトにしてはめずらしく無邪気な笑みを浮かべたものだから、強く反対もできない。メルヴィと暗黙の了解で会話をするさまは、家族ゆえだとわかってはいるが、彼らに血のつながりはないのだ。

家の景色に妙になじみ、勝手知ったるようすであちこちを歩く。日中はポールの手助けをし、「若い男手があって助かります」と喜ばれ、デニスのもとに赴いて世間話に興じつつ調理の手伝いもする。ケイトリンもなついているし、あまつさえグリュンもしっぽを振る始末だ。解せない。アレは自分には未だ不審そうに距離を取るというのに。

直接的ではないものの愚痴めいたものを呟いてしまったアダムに、メルヴィは笑って首を振っていた。

「グリュンがなついているのは、コルトが妖精との付き合い方を知っているからです」

「彼は、人間の扱いにも長けているように思えるが」

「それは否定しません。ああいうところ、私は絶対に真似できませんもの」

派遣型のメイドとしては、他者の懐に入りこんで友好的に接する能力が必要になる。コルトを手本として振る舞っているが、メルヴィ自身、己の性質は陰の気が強いと思っているらしい。

そんなことはないだろう。たおやかで芯の強い女性だと思う。それが見せかけだというなら、たいしたものだ。努力の賜物であるし、ずっと気を張っているというのであれば、肩の荷を下ろす場所を作ることができればとも思う。それが自分の隣であれば、なお嬉しい。

書斎での執務は、メルヴィとふたりで過ごせる唯一の時間だ。雪のせいで郵便物も遅延しているのか、ほとんど届かない。もともと年の瀬にはトランシヴァルへ戻るつもりだったので、あちらへ送っているのかもしれないが。

メルヴィがいなくなるかもしれないという事態はケイトリンに多大な影響を与えたようで、いままで以上に付きまとい、傍に張りついている。気持ちはわかるだけにアダムもなにも言えず、メルヴィとの時間は減る一方だ。

コルトの在住は、そういった意味ではよかったのかもしれない。彼はケイトリンの相手を一手に引き受けてくれており、そのおかげでアダムは彼女との時間を確保しているのだから。メルヴィとコルトの親しげな空気にも多少は目をつぶろうというものである。

エニス大陸の現状と、他国との関係構築。国軍としての仕事がどう変化してくのか。やや固い話をしていたとき、庭に出ていたはずのケイトリンが興奮気味に走りこんできた。

「おじさん、馬がいるの。わたしのことうそつきって言うの。ちがうよね」

「野生馬でもいたのか？」

「ちがうの。庭にきたの。あのね、メルヴィのおともだちって言ってるわ」

たしかに馬は良き友たりえる存在だ。

だが、一般人のメルヴィとその言葉は結びつかない。では別の意味か。いったいどういう比喩だろう、嘘つきとはなんのことか。

アダムが悩んでいると、コルトが眉をひそめて呟いた。

「……エクウスか」

「知っているのですか」

「ええ、まあ。僕が知っている相手であれば、ですが。ケルピー。妖精ですよ。面倒なやつです。お覚悟を」

◇

最初にグリュンを目にしたときのことを思い出した。あのときと異なるのは、そこにいるのが馬だということ。濃い栗毛色に黄金色のたてがみ。堂々たる風格だ。ほどよく筋肉がついており、長距離向きの良い馬だと感じた。

「なんだ、おまえもいたのかコルト」

「やあエクウス、ひさしぶり。あいかわらずだね」

「おまえも変わらず嘘くさい笑顔だな」

「誉め言葉として受け取っておくよ」

「そういうところが信用ならんのだ、おまえは」

アダムの隣に立った青年は、朗らかな笑みで会話をする。馬と。

そう、馬だ。

馬である。

馬から人間の言葉が聞こえている。

(妖精というのは人語を話すものなのか?)

いままで生きてきたなかで、視認できる妖精はグリュンのみ。見た目は本当に毛むくじゃらの犬で、鳴き声も犬だ。おすわり、お手、待て。ひととおり芸もこなす。だから動物型の妖精は、それに準じた性質を持ち、それに倣った生活を送っているのだと思っていた。しかしこのケルピーとやらは、馬の姿を持ちながら人語を発した。自分が見たものが信じられない。まるで奇術だ。

内心で驚いていると、馬の顔がこちらを向いた。目が合う。好戦的な色を宿しており、アダムは無意識に腹にちからを入れた。

「ふん、おまえが」

「俺がどうかしたのか」

「言っておくが、オレが乗せるのはメルだけだ」

「……なんの話をしているんだ」

「あのね、おじさん。わたしが馬に乗りたいって言ったの。そうしたらダメって言われて。メルもあぶないからやめたほうがっていうんだけど、でもわたし、馬に乗ったことあるもの。パパとおじさんが乗せてくれたでしょう?」

「よく憶えていたな」

あれはいつだったか。レスターもカリンナも生きていたころの話。軍で保有している馬場を見学に訪れたケイトリンを、馬の背に乗せたことがある。その記憶があったため、意思疎通ができるこの馬にも乗ってみたいと考えたが、断られてしまった、ということらしい。

「子どもはもっと小さな馬に乗れっていうけど、大きいのに乗ったことあるもの。ねえ、おじさん。わたし、うそついてないわ」

「ああ、そうだ。おまえは嘘などついていない」

アダムはしっかりと頷いて答えた。

嘘ばかりの嘘つき娘とレッテルを張られていたケイトリンだ。アダム自身、それを信じていた過去がある。だから、しっかりと伝えるべきだと考えた。

「大丈夫だ。知っている。おまえの言うことは嘘ではない。だが、あちらの言い分も正しくはある。本来、己の体に合った馬を選ばなければならん。あのときは、大人が補佐をしたからこそ、一時的なものだ」

「君のおじさんの言うとおりだよ、ケイトリン」

　横からコルトが言葉をさらって続ける。

「馬とは信頼関係にあることが大事だし、相棒だからといって絶対に安全なんてことはない。不測の事態はどんなときにも起こるんだ。それにね、アレの言うことは放っておいていい。体の大きさなんてどうだっていいんだ。だってあいつがメルを見初めたのは、メルが八歳ぐらいのときだよ」

「わたしとおなじぐらい」

「そう。当時のメルはケイトリンより背が低かったんじゃないかな。でも背中に乗せた。単純な話さ。エクウスはメルが好きだから、それ以外はノーサンキューなんだよ」

「そんなのずるい。わたしだってメルのこと好きだもの」

「だよな。僕だってメルが好きだよ」

　すると馬は鼻息を吐いた。

「そこの娘は、まあいいだろう。だがコルトは駄目だ」

「どうして？」

ケイトリンが問うと、相手は馬首を振った。

「面倒くさい。あれこれ細かいことを訊いてくる。オレの知らないことを訊いて、調べてこいと命令する。訳知り顔で高説を垂れるガキなど、蹴り飛ばしたっていいだろう。メルが止めるからやらないだけだ」

「まったく、エクウスはあいかわらず単細胞の単純バカだな」

「やかましい、蹴るぞ」

目の前で繰り広げられる会話。つまるところ、コルト・パーマーは子どものころから今のような物言いをしており、妖精のことについて学ぶために質問を重ね、妖精自身に嫌がられたということなのだろう。

コルトはアダム同様、妖精の姿を見ることはできない。だからこそ、こうして会話ができる妖精が嬉しかったのではないだろうか。

メルヴィとケイトリン。

彼女たちが見る世界にすこしでも近づけるのであれば、アダムとて彼らの生態を知りたいと思う。

だがあの調子でこられると、たしかにうっとうしいだろう。

「アダムさま、お客さまがいらしております。いかがいたしましょう」

「客？」

ポールが室内から声をかけてきて、アダムは訝しんだ。来客予定はないし、雪の影響で遠方から誰かが来るというのも考えにくい。

「はい。獣医のユエル殿です。グリュンのようすを見にきたとおっしゃっております」

「ユエルせんせい！」

馬の横でケイトリンが声をあげた。足もとにいたグリュンも、己の話題になったことに気づいたのか耳をピンと立てる。

そういえば、セーデルホルムを離れるまえに診せておこうという話になっていたことを思い出した。この地方に住む妖精であるグリュンを連れて帰ってよいものなのか。相談しておいたほうがいいだろうと、メルヴィが言ったからだ。

最初の予定では、出立は明日。それでようすを見にきてくれたのかもしれない。

「……そういえば、滞在が伸びたことを伝え忘れていたな」

「いかがいたしますか？」

「せっかく足を運んでくれたんだ。診ていただいてもいいだろう」

「では、庭のほうへまわっていただきましょう」

言い置いてポールは顔を引っこめた。ほどなく玄関の方角から白衣の青年がやってくる。

「こんにちは。もうしばらくはこちらにいらっしゃるということで、僕としても嬉しいかぎりで――」

そこで彼は言葉を止めた。呆けた顔で固まって動かない。視線の先にいるのは例の馬。

「こ、こここ、これは」

「迷いこんできたようです」

アダムは敢えて主語を置かずに伝える。厩舎住まいの医師ユエルに対し「そちらから抜け出してきた馬かどうかはわからない、野生馬の可能性もある、どちらにせよ我々は盗人ではない、勝手にやってきた馬である」といったことを忍ばせての弁。

「なんだ医者か」

しかし馬が人間の言葉でそう言ったから、アダムの配慮はすべて台無しになった。

「よ、妖精馬、妖精馬のケルピーですか、そうですよね、うあああああ、師匠から聞いてはいたのですが僕はまるで姿を見たことがなくてですね、あのいいですか、近くに行ってもいいですか、触りたいです、とても美しい、ふあああああああ」

両手を突き出し、まるでゴーストのようにふらふらと歩いていくユエルに、馬は鼻息を鳴らした。

「フーゴの後任か」

「はいいぃ」

「オレに不用意に触れるな、蹴るぞ」

「妖精馬に蹴られて死ぬなら本望です」

「……こいつ阿呆なのか」

ぼそりと馬が呟き、ずっとようすを見守っていたメルヴィが苦笑してくちを開いた。

「ユエルさんは、妖精が好きで、妖精に会うためにケランから来たらしいわ」

「妖精嫌いのケランから？」

山を越えた先にある小国ケランは、閉鎖的な国である。鉄道開通のおかげで改善はされたが、未だ謎は多い。彼女たちの会話から察すると、妖精や精霊といった対象に懐疑的な国民性らしい。

山を挟んでこちらとあちら。セーデルホルムとは正反対である。

「あの国で妖精の名をくちにするのは難しいものね」

「なるほど、だからおまえはあいつを許容しているのか」

「……あのね、彼はお医者さまなの。フーゴ先生と同じ、妖精専門の。エクウスだって、診ていただくこともあるかもしれないわよ？」

「オレは死なない」

「病気や怪我だけが診察じゃないわ」

馬とメルヴィの距離が近い。物理的にも精神的にも。

コルトとは違った意味で親密そうで、アダムは不思議に思う。ケイトリンにとってのグリュンが、あのエクウスという馬なのだろうか。コルトいわく、出会ったのは八歳のころ。今のケイトリンの状況に近しいものを感じる。

そのころの彼女はどんなふうだったのだろう。

過去に思いを馳せていたが、目の前で起こったそれに思考は霧散した。

「オレはメルさえいれば大丈夫。だから、共に行こう。人間の世界が嫌なら、連れていってやると言っただろう」

「何度も言うけど、わたしはこちらで暮らすの」

「だが帰ってきたじゃないか」

「たしかにセーデルホルムへ戻ってきたけど、それはあなたと一緒に行くためじゃないのエクウス」

女性が好みそうな恋愛劇じみたものが繰り広げられる。演者はメルヴィと金色の髪をした褐色の男。

男である。

馬が消えて若い男になった。

人間の若い男になって、メルヴィに愛を囁いている。

アダムは雷で打たれたように硬直。獣医師ユエルは狂気乱舞し、金髪男に走り寄って体を撫でまわし、蹴られ、悶絶しながら喜ぶ。メルヴィは馬だった男をたしなめる。

あまり子どもに見せていい状況ではないと判断したポールは、そっとケイトリンを家の中へ導いた。お嬢さま、おやつの時間です。お手伝いをお願いできますか。

場で唯一自由なコルトが、気の毒そうにアダムに声をかけてきた。

「大丈夫ですか？　あいつは人間の姿を取る妖精なんですよ。見た目は昔と変わってないですね」

「……さきほど、メルと出会ったのは彼女が八歳のころだと」

「ええ。言ったでしょう？　面倒だから覚悟してくださいって。八歳の少女に求愛するド変態ですよ、あの駄馬は」

「おいコルト、聞き捨てならないな。オレはどこまでも本気だ。妖精に年齢なぞ関係ない」

「黙れ変態馬。メルはおまえにはやらないって言ってるだろう」

「あああああ。気になるぅ。人間に変化した場合、身体的構造もそれに準じたものへ変容するのでしょうか。食の嗜好はいかがですか」

地面から起き上がったユエルが頬を紅潮させて問うと、不遜な態度を崩さなかったエクウスもやや引き気味で、嫌そうな顔をした。

「本当に医者なのか？　学者みたいなことを言う」

「妖精の研究は僕の生涯をかけた仕事です！」

「いっそ解剖すればいいんだ」

ぼそりと呟いたのはコルト。ユエルは目を剝いて怒鳴った。

「駄目です。高潔な妖精馬に刃を入れるなんて、神への冒瀆」

「ですが、もしもこいつが苦しんでいたとしたら、腹を切るでしょう？」

「それは当然です。僕は医師ですから、患者を助けるのが使命です」

「医療行為と解剖実験は、性質が異なるものではないのか」

アダムが言うと、コルトは舌打ちをした。小声で「とどめを刺すチャンスだったのに」と呟く。じつに物騒である。

「皆さま、まずは落ち着かれてはいかがでしょう。お嬢さまがお手伝いをしてくださいました。ひとまず休憩なさってはいかがですか？」

好々爺のひとことと。

しかしその笑顔の裏に「レディの前でなにをやっている。いいから、ひとまずそのくちを閉じろ若造どもめが」という圧力があることを、四人（うちひとりは馬）の男たちは感じ取り、いちように頷いた。年の功、恐るべし。

いつになく大渋滞のリビング。テーブルは四人掛けのため、椅子が足りない。キッチンにあったテーブルと椅子を運んできて、臨時の飲食スペースを作り上げた。

　エクウスと呼ばれている人化したケルピーは、まるで本当の人間であるかのように椅子へ腰かけ、カップを持って茶を飲んでいる。メルヴィが用意したハーブティーだ。妖精が好むのであればそれを知りたいとユエルも同じものを要求し、コルトは勝手に紅茶を淹れている。ケイトリンにはホットチョコレート。その足もとにいるグリュンはいつものミルク。

　それぞれが、それぞれに自由に過ごすなか、メルヴィはポールとともに動き回っていた。客室の用意だ。全員が中に移動したすぐあとから、ふたたび雪が舞いはじめて、すっかりけぶっている。この調子では、ユエルが外へ出るのは危険だろうとの判断だ。

　別荘用に簡易ベッドはいくつか置いてあるので、増えたところで問題はないのだが、部屋割りをどうするべきか。するとコルトが朗らかな笑みで言った。

「エクウスは外でしょう。馬は馬小屋で寝ればいい」

「コルト」

「当然じゃないかメル。エクウスはいつだってそうだろう？　馬に戻ればいい」

「変化する過程をもういちどきちんと見てみたいものです。さっきは気を抜いてました。ぜひ、つぶさに観察したい」

観察と言った。すっかり動物実験状態だ。

さっきまで馬だったのに人間の男になっているエクウスに、ケイトリンは驚いていたが、メルヴィに「高位の動物型妖精には、そういったちからを持つ者がいるらしい」と説明されて、いちおう納得はしたらしい。だが今度は別のことが気になったようで、エクウスに訊ねた。

「ねえ、馬のお兄さん」

「エクウスだ」

「あのね、エクウスさんはいつどうやって人間になったの?」

「なぜそんなことを訊く」

「えっとね、グリュンもそうなのかなって思ったの。この子、人間になる?」

ぬいぐるみのような犬を抱き上げて、エクウスに見せる。グリュンはといえば、尾を揺らしながら黙っているだけだ。

しばし沈黙。彼らは見つめ合って動かない。

そういえば、ケルピーは犬だという説もあったか。幼少期、本で読んだ記憶がある。ならば、この二体は近しい存在といえるのかもしれない。

「そいつ次第としか言えん。オレはメルのために人間の姿になった。だがおまえの周囲には味方がたくさんいる。犬が手を貸す必要はない」

「それは、どういう意味だ」

アダムは訊ねた。それはまるで、幼いころのメルヴィには手を貸してくれる人物がいなかったようではないか。

だがケイトリンはそれには気づかず、弾んだ声をあげる。

「うん。あのね、メルはこれからも一緒にいてくれるって言ってくれたのよ。おじさんも一緒だし、ポールもいるし、ユエルせんせいともなかよしだし、コルトお兄さんもいるの。セーデルホルムにきて、グリュンに会って、たくさん好きなひとができたわ」

「ならばよいことだ。犬は喜んでいる」

抱えられたままのグリュンは尾を大きく振り、ケイトリンの手を舐める。くすぐったいのかケイトリンは身をよじり、犬を床へ下ろした。そのタイミングでメルヴィは声をかけ、ケイトリンを子ども部屋へ誘う。クリスマスに実家から送られてきた本、その続きを読むらしい。

ふたりを見送ったあと、アダムは改めてエクウスに向かう。すると彼は、肩をすくめた。本当に人間らしい仕草をする馬である。アダムの疑問に答えたのはコルトだった。

「メルは妖精に好かれる性質だとロサは言っていました」

「あなたたちを育てたという方ですか」

「ええ。僕もメルも実両親とは縁が薄かった。僕よりもずっと幼いころに両親と別れたメルにとって、人間より妖精のほうが近しい存在だったのは間違いないでしょう」

だが、妖精とはどのような存在なのか。メルヴィの周囲にはそれらを教えてくれる者がいなかった。ロサに出会うまでは。

そのため、ずっとすべてを恐れて暮らしていた。ロサと暮らすようになってからも、妖精の干渉は続いていたようだ。

「オレはむしろメルを護ってやっていたんだぞ」

「妖精の世界へ連れていこうとしていたのは、おまえもだろう、エクウス」

「他のヤツよりオレのほうがずっとメルを大切にする」

「そういうことじゃないって、何度言っても理解しないよな」

「実際にロサは先が短い。メルはひとりになる」

事もなげに言い放ったそれに、コルトが唇を噛んだ。ロサの死は、彼にとっても禁忌らしい。

――妖精は人間の理(ことわり)で生きていませんから、魅入られると厄介です。

かつてメルヴィが言ったことだ。

ケイトリンを案じての言葉だったが、実体験を伴うものだったのかもしれない。悠久を生きる妖精にとって、人間の生は刹那。死が繊細なものであることを理解するのは難しいのだろう。

「死とは、なんでしょうね。医師を生業にしていますが、僕は正直よくわかりません」

ユエルが言葉を落とした。

軍人とはいえ、トランは戦時下にはないし、周辺国も今は平和だ。内乱が起きないわけではないし、実際レスターは任務中に命を落とした。アダムとて足を負傷している。危険と隣り合わせの仕事であることはたしか。

けれど、このなかでもっともひとの死を知っているのは、ユエルだ。

「なにを言っても綺麗ごとです。状況によって感じ方も変わりますし、相手との関係性でも変わる。どれも正しいのです。だから僕はどんな相手であれ、それがどんな凶悪な動物であったとしても、罪人であったとしても、悼みます。そうであろうと思っています。難しいですがね」

「……たしかに綺麗ごとですね」

ユエルの弁にコルトは言った。

しかしそれは反論や異議ではなく、自嘲を含んだもの。情報局で犯罪者に直接尋問をする機会が多いコルトにも、思うところがあるのだろう。

エクウスはそのようすを、感情ののらない瞳で見つめていた。

◇

部屋割りについてはやはり一悶着があった。

馬になれとコルトに言われたエクウスは本当に馬の姿へ戻り、あろうことかメルヴィとケイトリンの部屋で休むと言いだした。部屋に陣取ろうとしたところを首に縄をつけて引きずりだしたのはいうまでもない。このときばかりはアダムも、外に出してもいいのではと思ってしまったが、窓の外は雪模様。憚られた。

どうするべきだろうかと思案していると、コルトがどこからかワインのボトルを持ってきた。年代物のヴィンテージ。なんでもエクウスは酒に目がないらしい。目的を別のほうへ向けてしまおうという魂胆だ。

現在の家主としてアダムも参加する。ポールは部屋にさがらせた。勝手知ったる我が家なコルトがキッチンでグラスを用意し、酒のつまみも作る。ユエルも参加し、意外な特技を見せつけた。

酒盛りというにはいささかおとなしい空気で始まったが、男が四人もいればそれなりにボトルが空いていく。

そしてアルコールが入ればくちも軽くなっていくのは、どんな立場であろうと変わらないようだ。

　妖精に興味深々のユエルが、ふたたび人間の姿となったエクウスに質問を重ねていく。なお、チョーカーのように、首に縄は巻きついたままだ。

「メルヴィさんに固執する理由はなんでしょう。グリュンもケイトリンがいちばん好きなようですし、妖精というのはそういう性質なのですか？」

「そういうとは？」

「特定の人物に入れこむというようなことです」

「さてな。人間にもいろいろあるように、妖精にだっていろいろある。オレがメルを大切にしていることはたしかだ」

「メルヴィさん、美人ですものねえ」

　ユエルが頷くと、コルトがぼそりと呟いた。

「八歳の女の子相手に執着する変態だぞ」

「妖精にとって年齢はさほど関係がないのでは？　老人でも妖精にとっては赤子みたいなものでしょうし」

「ますます変態じゃないか」

「ですから、そこに人間としての考えを乗せるからややこしくなるんですよ」

　ユエルの弁にエクウスは破顔。

「おまえ、なかなか良い人間だ。コルトとは違う。気に入った」

「ではあなたに乗せていただけますか」

「それは駄目だ。オレに乗っていいのはメルだけだ」

「そうかあ。やっぱり女性しか駄目なんですねえ。清らかな乙女を欲する一角獣（ユニコーン）みたいですねえ」

「エロ馬め」

感心したように頷くユエルに、コルトが毒づいた。

話がおかしな方向に行きはじめている。酔うと猥談が混じるのはどんな立場であろうと以下省略。

アダムが苦々しい顔でグラスを傾けていると、こちらに矛先が向いた。エクウスが真顔で言う。

「そういえばメルからおまえの匂いはしなかったな。まだか」

ワインを噴き出さなかった自分をアダムは褒める。コルトではないが、本当に下世話な馬だ。

「あー、スペンサーさんとメルヴィさんはやはりそういう仲なのですね」

「できたてほやほやですよ」

「おお、それはそれは」

コルトがにやりと笑い、ユエルが大仰に驚く。そうしてふたりはグラスを合わせて中身を呷る。この酔っ払いどもめ。アダムは苦言を呈するためにくちを開いた。

「黙れ。邪魔をしているのはおまえたちではないか。ふたりだけになれる場所がどこにもない。外の小屋は寒すぎる」

「野外！」

　驚愕の声をあげるユエルを睨むアダム。なんということはない。彼もじゅうぶんに酔っていた。そんなアダムをコルトが笑う。

「その発言、男としてはともかく、兄としてはいささか複雑ですよ」

「俺を煽ったのはおまえだ、コルト・パーマー。なにが兄だ、クソ」

「おやおや、生真面目なあなたらしからぬ発言ですね」

「軍法会議など知ったことか。やりたければやれ、中尉殿」

「まさか。あなたのほうが年上じゃないですか、アダム先輩。それになにより、あなたを罰するなどメルが哀しみます。僕の本意ではない。できれば仲良くしたいんですけど、まあ僕は嫌われて然るべき人間なので」

　コルトはおどけたように肩をすくめ、ワインを飲み干す。その表情に苛立って、アダムはボトルを掴むとコルトのグラスへ注ぎながら言った。

「なにを勝手に拗ねている。メルはおまえを心底慕っているではないか。忌々しいことだがな。彼女の気持ちを否定するな。そういう意味では、おまえたちはまさしく兄妹だな。思考回路がよく似ている。おまえのことは腹立たしいが、嫌っているわけではない。ひとに好かれないことにかけて俺に勝る者はいない。嫌われ者を名乗るのであれば、俺に勝ってからにしてもらおうか」

言われたコルトはポカンとくちを開け、見たこともないような気の抜けた表情を浮かべた。そのさまを見てエクウスが声をあげる。

「おまえのそういう顔を見るのははじめてだ。悪くない。いつものあれよりずっといい」

「なにを上から言っている。エクウスとやら。これからは俺がメルを護る。おまえには渡さない。去れ」

「スペンサーさん強い！　カッコイイ！　僕が女なら惚れてます！」

ユエルが拍手をして、ようやく茫然自失から抜け出したらしいコルトが楽しげに笑う。いつもの余裕ぶった笑みではなく、どこか子どもっぽい無邪気な笑顔。エクウスの弁ではないが、たしかにコルトのこういった顔はめずらしく、あのスカした顔よりずっと好感が持てると思った。

顔を見ながら考えこんでいると、コルトは気まずげな表情で視線をそらす。

「メルの気持ちがわかった。あなたの内心は、直球すぎて居たたまれない気持ちになる」

「あれー、コルトさん酔いました？　顔赤いですよ」

「この中で酔ってない奴なんていないでしょう」

「人間は弱いな」

だが、知らぬまに強さを手に入れたりもするからおもしろい。

不遜に呟いたエクウスは、あらたなボトルを開封する。

「欲しくば俺に勝ってみるがいい、人間ども」

具体的に「なにを」とは告げずに宣言したエクウスに、それぞれが、それぞれの望みをかけて――あるいは、もはや理由などなく、ただの勢いとして互いのグラスを傾けながら夜は更けていった。

翌朝、どさりという音でアダムは覚醒する。

リビングだった。音がした方向に視線をやると、ユエルが床に転がっている。ソファーから落ちたらしい。

薄暗い室内。暖炉の火は消えており、気づいた途端に寒気がして身震いをした。

「おまえが一番先に目覚めたか」

「仕事柄、勘はいいほうだ」

エクウスの声にアダムはそう答えたが、正直なところまだ頭は目覚めきっていない。二日酔いには縁がない体質だと思っていたが、昨夜はさすがに呑みすぎた。

（こんなことは、学生のころ以来だな……）

レスターとはよく夜明かしをした。彼が亡くなって以降、深酒をしたことは一度もない。

「勝負はおまえの勝ちだ、アダム」

「なんのことだ」

「なんだ憶えていないのか？　勝利条件は、明くる朝、もっとも早く目覚めた者だ」

まったく記憶にない。いつ眠ったのかすら曖昧だった。だが、エクウスは気にするふうでもなくアダムに笑みを向けた。

「願いはなんだ。やはりメルに近づくなということか」

「……いや。おまえが彼女を大切にするというのであれば、それでいい」

「ほう」

「おまえはそう簡単には死なぬのだろう？　ならば、俺になにかあったとき、世を超越した存在がメルを護ってくれる保障があれば安心できる。欲張っていいのであれば、ケイトリンを加えてもらえると助かるがな」

そう言って頭を下げたアダムを見て、エクウスは大きく息を吐いた。

「オレが優先するのはメルの願いだ。だからおまえの願いは一部違える。奇しくも昨日コルトも言っていたが、おまえになにかあるとメルが哀しむ。ゆえにおまえも保護対象に加えてやろう」

「妖精が俺を護るというのか」

「気づいておらんようだが、おまえはとっくに護られているぞ。負傷したという足の回復が早すぎると思ったことはないのか？」

「……それは、たしかに」

「ケイトリンといったか。あの娘が願ったのだろう。そして周囲が手を貸した。ちからの干渉を起こさないように、犬妖精は一定の距離を保っている」

「グリュンは単純に俺になついていないだけだと思っていた」

「知らぬは本人ばかりなり、とは人間の言葉だったか。まさにそのとおりだな。アダム。おまえは、おまえが思うほど嫌われているわけではあるまいよ。そこのふたりとて、おまえの友人だろう」

　床に転がっている男たちを指さして、エクウスは笑う。やがて雪が溶けるように姿が揺らいでいく。

「また来る。たぶん、そいつらはまだ目覚めないだろうから、好きにやれ」

「なにを」

　問いかけた言葉に返事はなく、床には縄だけが残された。そして、タイミングを合わせたかのようにメルヴィが現れる。

「アダムさま、これはいったいどういう状況ですか？　まさか、あのままずっと

「……？」

「ずっとというわけでもない、と、思うが」

「ユエル先生まで。もう、しかもこんな寒い部屋で眠ってしまって、風邪を引きます。すぐに火を」

あわてて暖炉に向かうメルヴィの手を取り、アダムは彼女を己に引き寄せた。柔らかな体から伝わる体温に、自分の体が冷えていたことを自覚する。

「アダムさま、あの」

「なんだ」

「ふたりが、そこに」

「問題ない」

エクウスが言ったのは、つまり、そういうこと。ゆっくりと唇を味わおうとしたとき、廊下のほうからケイトリンの声が聞こえた。

「メル、どこ？」

「ここよケイトリン。すぐ行くわ」

体をよじってアダムから逃れたメルヴィは扉へ向かい、しかし廊下へ出る直前で足を止めて振り返った。

「……お酒くさいアダムさまは嫌いです、バカ」

言い捨てて出ていく姿を見送って、アダムは呟いた。

「なんだあれは、可愛いがすぎるだろう」

「あー、それには一票を投じますねえ。いつも丁寧な方が、ああいう口調をされるのはいいです、はい」

「大丈夫ですよ、あれはメル流の照れ隠しです。口調も砕けて、距離が縮まったのかもしれませんね」

背後からのんびりと声があがって、アダムはあわてて振り返る。そこには寝起きとは思えないしっかりとした顔つきの男がふたり。

「何故、いつから」

「わりと最初から？　なにしろ床に落ちましたし、さすがに起きますよね」

「エクウスのこと、あまり信用しないほうがいいですよ。あの馬、あれで妖精ですから。意外と性根が曲がってます」

「……つまり、黙って見ていたというわけか」

唸るアダム。

「邪魔するなって言ったの、アダムさんですし」とユエルは笑い、毛布を畳みはじめる。コルトに視線を移すと、こちらも笑いながら言った。

「僕の妹は可愛いでしょう？　でもリビングはどうかと思うので、場所は選んでくださいね」

「この酔っ払いが」

「ええ、そうですね。酔っ払いの皆さま」

冷えた室内の空気をさらに下げるような声が聞こえて、一同は固まった。おそるおそる顔を向けると、笑顔のポールが立っている。朝から一部の隙もなく整えられた執事服をまとい、年齢を感じさせないまっすぐな姿勢で凛と立つ老人は、笑みを浮かべる。ただし目の奥は笑っていない。

「すこしは頭を冷やし、レディに対する態度を思い出してくださいませ。本日も雪が積もっております。さあ、殿方の出番ですよ」

さっさと雪かきに行ってこいの意。

三者は背を伸ばす。軍人ふたりに釣られるように敬礼ポーズを取ったユエルを含め、男たちは外套を着て玄関へ向かった。

白銀の景色に今日は陽光が射し、キラリと光っている。

「雪かき、ひさしぶりだな」

「メルが言っていた。よく三人で雪かきをしたと」

「ええ、そうです。うらやましいでしょう?」

「言ってろ」

軽口を返すアダムに、今度はユエルが問う。

「中央生まれにしては、アダムさんも雪慣れしてますね」

「軍には雪中訓練もあるからな」

「軍人さんもたいへんですねー。コルトも訓練に参加したりするの？」

「まあ、一応は。事務方はほぼ形だけ、だけど。そっちも手際がいい。地元民みたいだ」

「実家も雪深いところだったから」

ユエルとコルト。いつのまにか随分と仲がよくなっている。気安い会話を続けるふたりを見て、なんだかモヤモヤしていると、それに気づいたらしいコルトが笑った。

「嫉妬ですか？　嫌ですねえ」

「勝手にこころを読むな」

「いや、いまのは顔に出てましたよ」

ムッとして、足もとに積み上がった雪山からひとつかみ取って、コルトに向かって投げつける。わかっていたようにひょいと避けて、彼もまた雪玉を返してくる。ユエルも参戦し、しばらく投げ合いが続く。

雪かきを見にきたケイトリンも雪遊びを始め、少女が戻ってこないことを心配したポールが玄関口から顔を出し。雪合戦をしている大人に説教を始めるのは、山の端にあった太陽がじゅうぶんに昇ったあとのことだった。

魔女の子どもたち

コルトは、自分が変わった子どもであることを自覚していた。

この場合の「変わった」は変人という意味ではなく「他人とは異なっている」という意味だ。おもに、良い意味で。

選民思想という言葉を知ったのはもっと大人になってからだが、己の考えはそれに近いものだったのかもしれないと振り返って思い、少々恥ずかしい。

もちろん、そんなことは誰にも言わないけれど。

ともかくコルトは、己を特別な、選ばれた子どもだと信じていた。

だから十歳にして親から見放され教会に放りこまれたときも、おまえは悪魔憑きだと悲鳴をあげられたときも、理解しない周囲のほうがおかしいと思っていたのだ。

◇

田舎だな。

率直に感じたのはそれだ。

コルトはエニス大陸の南西都市の出身であり、これまで北部に縁はなかった。両親どちらかの知人がこちらに住んでいるらしく、ある噂を聞いてコルトを送りこんだらしい。

噂とはすなわち、ちょっと変わった信仰があること。

このセーデルホルムは、妖精や精霊、魔術といった古めかしいものを未だ信じている場所。そんな町なら悪魔祓いだって可能ではないかと考えたのだろう。短絡的な彼らしい思考回路だ。ほんのすこしの期間だけよと母は言ったけれど、彼女の内心などコルトにはお見通しである。


ああ、ようやくこの悪魔の子から離れられるわ。

あの子たちに悪い影響を与えるまえで本当によかった。


母の『声』を、コルトの耳は拾う。自分ではなく、まだ幼い弟と妹の心配ばかりしている、こころの声を。

その隣でぎこちなく笑んでいる父も同様だ。彼の心配は親族への説明に集中している。

あの気味の悪い長男——取り替え子と噂された子どもを、正しい場所へ帰すという名目でもって教会送りできることに安堵し、弟を正式な後継者としてお披露目する算段を巡らせていることが伝わってきた。

だが、コルトにはもうどうでもいいことなのだ。

教会のシスターたちは、自分にひどく同情的だということも知れる。誰もかれも、気の毒に可哀想にと『心』が言う。両親とは違って表情と内心が一致しているところは正直でよいと思ったが、憐れまれていることに対しては、じくじくと胸が痛む気がしたのは不思議だった。

コルトが自身の特異性を正確に理解したのは、五歳のころだっただろうか。

他の人間は己のように、他者の考えていることが聞こえてはこないのだということ。そして、こころの声が聞こえることは理解されがたいことであり、血を分けた親であろうと、忌むべき存在になりうるのだということがわかると、コルトはそれらをうまく利用して立ちまわることを覚えた。

母が大切にしていた宝飾品が紛失した際、それを盗んだのが使用人であることを突き止めてみせた。行儀見習いとして入っていた娘の家は、それが原因となって町を離れたというが、コルトは正しいことをしたと思っていたし、使用人の雇用を見直すキッカケにもなったはずだ。世間体を気にする両親は勇んで粛清をおこなったし、この行動は家に貢献したといえるだろう。

小さな不正。ほんの些細な嘘やごまかしすら見つけ出して問い詰める子どもに、使用人らは次第に恐怖心を抱くようになっていったが、間違っているとは思えなかった。長く勤める祖父のような執事のワディムはコルトを褒めてくれたし、かばってもくれた。

だから、我が家で起こった横領事件の犯人がワディムだとされたときには、真実を訴えた。

それらを指示し、すべての罪をなすりつけた真犯人が父であることを本人に突きつけたが、彼はそれを否定し、当然ながら真実は闇に葬られた。

司法の場で訴えたところで、子どもの言葉など真剣に受け取ってはもらえない。なにしろ物的証拠はすべてワディムの犯行であると示しており、無実を訴えるコルトの根拠は「父親が頭の中でそう言っていた」という非現実なもの。父は否定し、執事は自分がやったと言う状況では、決定は覆らない。

収監されたワディムは、面会に訪れた八歳のコルトに微笑みながら、くちを開いた。

「坊ちゃまは正義感の強い御方ですね。爺は、あなたさまを誇りに思います」

そう言いながら、コルトの耳は別の声を拾う。

ですが、嘘や隠しごとを白日の下に晒すことが絶対に正しいというわけではないことを、憶えておいてくださいませ。

旦那さまがなさっていることを覆すことも、反抗することもできなかった、不甲斐ない、こころの弱い私をお許しください。
良き理解者を得て、正しき道を歩まれますよう、祈っております。

ただ黙って、まっすぐに見つめてきた老人は、コルトの異能を察していたのだろう。本当のことを明らかにすることが「正しくない」だなんて意味がわからなくて、結局、返事はできなかった。

寄宿学校への入学手続きが取られたのは、横領事件のすぐあとだ。コルトのほうも、不正の声にあふれる邸が息苦しく、渡りに船だったともいえる。ワディムが内心で告げてきた「良き理解者」とはすなわち、外の世界のことだろうとも思った。

親の庇護下にいるだけが世界ではない。学校という場所は、コルトにとって「正しいことが実行される場所」だと、そのときは信じていた。

しかし、やはりそこも綺麗な世界ではなかった。

競争と嫉妬と猜疑心とみだらな欲望。

指導者であるべき教師同士での争いや足の引っ張りあいなど、ここでも多くの不正を目にし、それらを正そうとしたコルトは、正しいがゆえに糾弾された。

秘めごとを暴いていく姿を皆が恐れ、保身に走った教師らは両親に連絡を取り、わずか二年でコルトは学校を去ることとなる。そして「静養させる」という名目でもって、遠く離れたセーデルホルムの教会に預けられたのが、冬のはじめ。南西に住んでいたコルトは、空気の冷たさに震えたものだが、こんなものは序の口らしい。教会にはなんらかの事情で預けられた子どもたちが多かったが、そのなかにあって十歳のコルトは最年長である。必然的に子どもたちの面倒を見る役割となり、彼らのこころを読む日々を淡々と送った。

傍目には問題児に見える少年の真意に気づいたり、こころに傷を負ったのか発声のおぼつかない少女の気持ちを察するなど、コルトにとっては造作もないこと。たいした意味などない。彼らが言わないから代弁しただけだ。

だからシスターに異能を指摘されたときも、とくになにも思わなかった。おかしな能力を持つ自分はまた別の場所に送られるのだろうと、達観する気持ちのほうが勝っていた。

しかし、告げられたのは意外な内容だったのである。

「ねえ、魔女の家へ行ってみない？」

「そんな御伽噺の家があるのですか？」

「絵本に出てくるような魔女とは違うかもしれないわね。セーデルホルムの魔女は、精霊の仲介者のようなものかしら。伝統に造詣が深い、頭のいい御方よ」

それにね――と、付け加えるように囁かれた言葉は、コルトを驚かせる。
「そこには、あなたと同じちからを持った女の子がいるの。きっと、仲良くなれるわ」

シスターとともに向かった先は、町の北東に広がる丘を上ったところにたったひとつ、ぽつんと建つ家。もう冬が来るというのに庭は多くの緑に満ち、それらに調和するように彩られた緑色の屋根が陽光に照らされている。

扉の向こうから現れたのは、背の低い年配の婦人だ。魔女だと聞かされていたコルトは、彼女の姿にいささか拍子抜けをする。絵本に出てくる、鉤鼻(かぎばな)でしわくちゃな老人の姿を、どこかで思い描いていたのだろう。

シスターは、婦人といくつかの会話をしたのち、コルトの頭を撫でて帰っていく。残されて、すこしだけ居心地が悪くなった。

しかしこうして見知らぬ場所にやって来るのは、寄宿舎、教会と続いて三度目だ。幼いころから、父親に連れられて大人たちの集まりに顔を出すこともあったコルトは、十歳にして処世術を身につけている。

「はじめまして、ロサ。コルトと申します。僕の身を引き受けてくださったこと、感謝します」

「おや、素敵な紳士ですこと。精霊たちが騒ぐわけね」

「精霊ですか？」

「あなたが暮らしていた地では、縁遠い存在だったかもしれないけれど」

「不勉強で申し訳ありません。教会のシスターたちから、わずかではありますが聞きおよんでおります。セーデルホルムにとって、精霊は良き隣人であるのだと」

「そう畏まらなくてもいいのよ、コルト」

苦笑する魔女――ロサの真意を探ろうと、コルトは『耳』を澄ませて、目を見張る。目前の相手のこころを読むなど簡単なことだった。しかし、ロサの『声』は聞こえてこない。まるで分厚い壁に隔てられているかのように、向こう側の声が聞こえてこないのだ。こんなことははじめてだった。

魔女というのは、そういうことなのか。不思議なちからを持っている、超越したなにかを持った、ヒトではない存在。

冷汗が流れた。相手のこころが知れないということは、こんなにも恐ろしいことだったのか。

思えばコルトは、物心ついたころから常に他者のこころを聞いて生きてきた。聞こえることが当たり前で、そうではない人間と相対したことは一度もなかったのだ。

なにを考えているかわからないと、どう対応していいのかわからない。

相手が望む姿を見せ、裏をかき、油断させてからコントロールする。

そうやって日々を送ってきたコルトにとって、このロサという穏やかそうな女性は、得体の知れない恐ろしい人物として映った。

「どうかしたの？　仮面がはずれているわよ、坊や」

「――なっ」

楽しそうに笑われて、コルトの顔に朱が走る。振る舞いには絶対の自信を持っていたのに、それを笑われるだなんて心外だ。

しかし声をかけられたことで、考えを巡らせる余裕も戻ってきた。対応の仕方を考え直す必要がある。

多くの女性は、コルトが紳士ぶって見せれば顔をほころばせて喜んでくれたものだが、ロサはそうではないらしい。南部らしい濃いブラウンの髪と、相反するように南部らしからぬ色白の肌を持った容姿は女性受けが良いらしいと理解し、存分に利用していたコルトとしては、テリトリー外の北部での立ち位置に苦悩する。

（だけど、容姿はたぶんわるくないはず。教会での評価はかなりよかったし）

シスターや、教会を訪れた女性たちのこころは、たしかにそう言っていたのだから。

懐柔方法を模索していたコルトの耳が、小さな物音を拾った。玄関ホールを中心に

左右に分かれた邸内の左側。その奥のほうから聞こえた音は、人の気配を伴うもの
そういえば女の子がいると言っていた。それも、自分と同じ能力を持った子どもだ
コルトの表情から、後方で隠れているらしい存在に気づいたことを悟ったのだ
う。ロサはさきほどまでとは違う笑みを浮かべると、音の方向に声をかけた。

「出ていらっしゃい。今日から一緒に暮らすのだから、逃げていてはダメよ」

窘める声色ながらも、優しさに溢れる音がコルトの耳朶を打つ。その声に押さ
ように現れたのは、小柄な女の子。薄い蜂蜜色の髪が、少女の色素の薄さを際立
ている。

教会で見かけた子どもたちより、すこし年上といった印象の顔立ち。いささか
に欠けているのは、こちらを警戒しているのかもしれない。隠れていたのもその表れ
だが、その姿を見た途端、コルトのほうこそ凍りついたように動けなくなった。

(なんだ、これ……)

ロサに感じた以上の畏怖。

年下の女の子に威圧され、コルトは無意識のうちに一歩うしろへ下がった。

咄嗟に考えを読もうとするけれど、やはりこれも隔たれた。

いや、隔たれた、などというものではなかった。

届かなかった。

壁が厚すぎて、突破は不可能だった。それどころか、見えない壁は流動しており、そこから発生したなにかが、うねりをあげてコルトへ襲いかかってくる。

「う、うわあああ!!」

澄まし顔の仮面などかなぐり捨てて、コルトはみっともなく声をあげて、尻もちをついた。失禁しなかったのは、たぶん今朝から水分を取っていなかったせいだ。柄にもなく緊張して飲食もままならなかったが、正解だった。

足が震える。顔がこわばる。喉の奥がカラカラに渇いている。呑みこんだ唾が痛いほどに。

そんなコルトを見て、少女は眉根を寄せた。それが怒りなのか哀しみなのか判別がつかない。

わからない。わからなすぎて、怖い。

「ごめんなさい。こら、あなたたち。この子は敵ではないわ。そうね、たしかにほんのすこし頑なところはあるかもしれないけれど、それは知らないだけよ」

ロサはコルトに詫びたあと、空中を見つめて言葉を重ねる。まるで言い聞かせるような口振り。

精霊。

不意にその言葉が胸に落ちた。

目には見えない何者かがこの家にいるのだと、突きつけられた気がした。

震える足を叱咤して立ち上がる。深く呼吸をして、集中すると耳をそばだてた。

気配を感じる。空気の振動があるが、コルトの瞳に彼らは映らない。

(でも、いるんだ。きっと、この家に)

それはもう確信だった。

緑がかった青い瞳をきらめかせて、コルトはそれを少女に向けた。

整った容姿だが表情といえるものはない。安心させるように微笑んでみせても、なんの変化も見せなかった。ゆっくり歩いてきて、ロサの長いスカートにしがみつき、顔を隠す。

「ほら、ごあいさつよ」

「………」

「メルヴィ、大丈夫。彼は、大丈夫よ」

メルヴィと呼ばれた少女はようやく頭を上げ、おそるおそるこちらに顔を向けた。

眉が下がり、不審そうな顔つきをしている。

しかし、なぜかコルトはわかったような気がした。

彼女は他人を恐れているのではない。自分自身を恐れ、相手のために距離を取ろうとしているのだと。

変わった子だ。異能を持ちながら、自分とは違った選択をして生きている少女に、コルトは興味を抱いた。実家で起こった横領事件以降、久しく動かなかったこころがどくりと音を立てた気がして、そのことがおもしろい。

「はじめまして、小さなレディ。僕はコルトだ。君の名前を教えてくれるかい？」

わかっていることを敢えて問いかけた。

精一杯の笑みを浮かべて、体の震えを押し殺して、頭の高さを合わせるように膝を曲げて。

少女の榛色(はしばみ)に己を映して、コルトは笑みを作る。怯えなど微塵にも感じさせず、余裕のある態度を取って。

「…………メルヴィ」

ようやく小さく答えた少女に安堵して、コルトは手を差し出した。

「今日からよろしく、メルヴィ」

◇

わからないことを、わからないままにしないことがコルトの主義だ。

宛てがわれた部屋に少ない荷を置いたあと、早速ロサに話を切り出した。

「あなたの声が聞こえないのは、魔女だからですか？　そして、メルヴィも魔女なのですか？」

「眩しいほどに率直ね。それは美徳ではあるけれど、あなたのそれは鋭すぎて、刃にもなるものだわ」

「傷になるということはすなわち、やましいところがあるということでは？」

「ひとのこころは、そう簡単なものではないわ、コルト」

ロサは寝台を指さしてコルトへ座るように促すと、自身はカーテンを開けて部屋に光を入れた。

ガラス戸の向こうには緑の庭が広がっている。花の咲く季節ではないが、ところどころに色が見えるのは、木々の紅葉だろうか。植物の生育環境も、コルトの知るものとは異なっている。

「シスターから、セーデルホルムのことは聞いたのよね」

「精霊信仰のことですね。そして、それは絵空事ではなく、本当のことらしいとわかりました。魔女と精霊は同質のものですか？」

「いいえ、違うわ。彼らは隣人だし、私は人間よ」

「じゃあ、メルヴィはなんですか。あなたよりずっと壁が厚い。しかもあの壁は生きているし攻撃的です。シスターは僕と同じ能力を持っていると言っていましたが、僕とはまるで違います」

「あの子は人間よ。もちろん当然だわ。ただ、そうね。あなたと同じようにこころの声は聞こえるけれど、あの子の聞こえ方は、あなたとは違うのかもしれないわ」

ロサ自身は、他人の声が聞こえるような能力は持ち合わせていないらしく、具体的になにが違うとは説明がつかないらしい。だがメルヴィは、異能力に加えて精霊の助力があるという。

「色が、見えるみたいね」

「色ですか？」

「こころの声は、意図的に壁を作って悟らせないようにすることはできるわ。あなたに対して、私がそうしてみせたようにね。でも、精霊はメルヴィに、他者のこころを色として見せている」

はじめは些細なことだった。メルヴィの両親は不仲で、ひどく会話が少なかったようだ。

感情がのらない冷たい声、あるいはくちに出す言葉とは真逆の感情。

好きといいながら憎々しげに笑い、愛していると言いながら手を振り上げる。そんな生活だったという。

上流階級に身を置いていたコルトにとって、本音と建前は身近なものである。飽き

緑の茂る灌木に手のひらを向けると、メルヴィは目を見張った。戸惑う表情にくすりと笑い、コルトは少女の隣に立つ。

「信じられないといった顔だね。だけど君ならわかるだろう？　僕がいまなにを考えているのかが」

「勝手に読んだりしないわ」

首を振って否定するメルヴィの向ける眼差しは強く、コルトはそのまっすぐさに貫かれた。

読むことができるのに、それをおこなわないことを選択する少女は、やはりコルトとはまるで正反対だ。

――嘘や隠し事を白日の下に晒すことが絶対に正しいというわけではないことを、憶えておいてくださいませ。

かつて執事が伝えてきた言葉が思い出され、目の前の少女と彼が重なった。まるで違うのに、どこか似ている。己を犠牲にしかねない脆さは、危険に感じられた。

「わからないいな。なぜだい？　持っているちからは行使すべきだ。僕はそう思うし、そうしてきた」

「……こんなちから、いらないわ」

「でも持っている」

断じると、少女はくちをつぐんだ。唇を噛み、うつむいている。

「ならば使うべきだよ。それが正義だ」

「せいぎ?」

「正しいと思うことだよ。僕は、嘘や隠しごとは嫌いだ。それは誰かをおとしめる。罪のない者を罪人(つみびと)として罰することにつながるから」

「あなたは、そのだれかを助けられなかったの?」

「――っ」

メルヴィの瞳は自身の感情を語らないが、だからこそ、相対(あいたい)するひとのこころを映しているのかもしれない。

少女の瞳に映ったコルトの顔は、こわばっていた。反論しようとするけれど、うまく言葉が出てこない。

「言っても言わなくても、まわりのひとはイヤがるもの。だったら――」

「黙することを選択するっていうのか。それは逃げだ。君はちからを持っている。僕よりもずっと上なんだろう? 精霊とやらの助力でそうなれるのであれば、役目を僕にゆずってくれ。君よりもずっとうまく使ってみせるさ」

カッとなって言い放つ。年下の少女に嫉妬するみっともなさも消し飛んで、声を張り上げ詰め寄った。

「いらないだって？　誰よりも真実に近い場所にいるくせに、誰だって救えるはずなのに、それをしない君は愚かだ。僕はちからが欲しい！」

「ダメ!!」

メルヴィの悲鳴じみた声が聞こえた瞬間、周囲の空気が変容した。ねっとりとしたものが素肌を走り、粟立つような震えがくる。

なんだ、これ。

くちを開いたけれど、声は音として発せられなかった。はくはくと動くのみで、コルトは両手で己の喉をつかむ。

声が出ないだけではない。息がうまく吸えなかった。

浅く、早い呼吸。

空気を求めて喘ぐと、饐えたような臭いが入ってきて、咳きこんでしまう。苦しくて、目がチカチカした。

（なんだこれ、なんだこれっ）

――ボクが欲しいの？

幼児の声がした。

あどけない口調なのに、聞いた途端に総毛立つぐらいの恐怖に襲われる、そんな声がした。

――ねえ、欲しい？　なら、代わりにキミをちょうだい。

僕をくれって、どういう意味だ。

脳裏に浮かんだ問いを、知らない声は拾って返す。

――あの子と同じ目が欲しいの？　ああ、小さいけど耳はあるんだね。

両目に激痛が走って、ぎゅっと瞳を閉じた。

痛みが消えていくに従いゆっくりと薄目を開くと、いつのまにか白い石造りの回廊にいた。無に等しい白い世界。

やがて、目前にポツリと色が生まれる。

毒々しいほどの赤い染みは徐々に広がり、コルトの背丈よりも大きくなっていく。

驚きに目を見張っていると、視界の右隅から今度は青が浸食してきた。

触手を伸ばすようにゆるゆると伸びてきたそれは赤と重なり、けれど混ざり合うことなく空間に波紋を作っていく。つぎに左側から鮮やかな黄が現れて、同様に進んでいくさまを眺めているうちに、下から突き上げるように濃い緑がやってきた。

それに視線を移した途端、また右から別の色がやってきて、視線を流すと同時に頭上から違う色が降ってくる。

どれも目に痛いほどの濃い色で、まるで視界の暴力だ。背中から高波のように黒いものが襲ってきたとき、ついにコルトはそこから逃げ出した。

走っても走っても変わらない景色。

キャンバスにでたらめに色をまき散らしたような世界を進んでいくと、ひとつ扉が見えた。

見慣れたものに安堵してノブを摑んで中へ入るとそこは懐かしい実家の玄関ホールで、階段をゆっくりと下りてくる母親の姿を視界に捉える。

「……おかあさま」

「ああ、コルト。よく帰ってきてくれたわ。わたくしが迎えに行けずにごめんなさい」

紅を引いた唇が開くとともに、コルトの耳は彼女の内心を拾う。

なんて忌々しいの。せっかく寄宿舎へ追いやったというのに、どうして戻ってきたりするのよ。

あのひとに似て顔立ちだけはいいけれど、冷たいし、なにを考えているかわからないところは本当にそっくりね。

わたくしの可愛い子どもたちに近づかせないように、今度はもっと遠くの学校へ留学させてしまいましょう。

言葉とはうらはらな母の声はいつものことだが、今日はそれだけではなかった。彼女をまとうようにして、さまざまな色が蠢（うごめ）いているのだ。母が声を発するたびに色を変え、流動し、目まぐるしく変化し続ける。

目が痛くて眉をひそめると、母は心配そうな顔をしながらも、内心ではコルトを罵った。

まあ、母親に対してなんて顔をするの。うちの天使たちとは大違いね。

ドス黒いオーラが立ち上り、コルトへ向かう。蛇のように蠢くそれは闇への導きのようで、一歩うしろへ下がってしまう。

こんなことははじめてだ。母親が自分を煙たがっていることは知っているし、双子の弟妹は彼女の不貞によって生まれた子であることも、コルトはもう知っている。父に進言して思いきり頬をぶたれたことは、消えない記憶だ。

声に気づいた使用人たちが集まってくる。かけられる声が二重に聞こえるのはいつものことだが、一人ひとりが色をまとい、コルトの視界を埋め尽くすのは、はじめて見る光景。


──すごいね、おもしろいね。もっと見たい？　一緒に見ようよ、楽しいよ！


幼子の嬉々とした声が脳内に木霊した途端、色数がさらに増えた。痛くて瞳を閉じたけれど、なんら変わることなく色は襲ってくる。

四方八方から滲み出ては、数秒ごとに変化する。

暗いはずの瞼の裏側でさえ色に支配され、なにも考えられなくなってくる。

色に埋もれて、ひとの顔が見えない
目の前になにがあるのかすらわからない。


──あのひと、なにか言ってるよ？　教えてあげるから一緒に見ようよ。あっちのひともキミになにか言ってるね、ほら見ようよ。

声が響く。
脳髄に突き刺さる。
ああ、うるさい。
うるさい、うるさい、うるさいうるさいうるさいうるさい。

コルト！

目も耳も麻痺してくるなか、澄んだ声が聞こえた。

コルト！

（……誰だ。コルトって、なんだっ、け……？）

コルト、ねえこっちだよ。

「だれ、だ、よ」

メルヴィ。わたしはメルヴィだよ。

浮遊する無数の色を掻くように右手を伸ばすと、あたたかなものに触れた。ぐっと握ると、頼りないながらも手を引かれる。

こっちにきて。

重たい足を引きずって、コルトは声がする方向へ歩を進める。

はたしてそれが合っているのかわからない。けれど、澄んだ声は脳裏に木霊し、うるさかった声がすこしずつ消えていくことだけはたしかだ。頭痛を呼ぶほど色に満ちた視界も、水で溶いたように薄くなっていくことがわかると、コルトの歩行も力強くなっていく。

ようやく自身の右手を認識できるようになり、小さな手を摑んでいることもわかってきた。かぼそい腕の先には、クリーム色のワンピースを着た小柄な女の子がいて、振り向きもせず前へ進んでいる。

しゃべったらダメ。振り返ってもダメ。まえを見てないとダメ。

頑なな声が脳内に届く。
前を進む少女の声だと、コルトはわかった。
だから彼は、同じようにこころの声で返事をする。

わかったよ、メルヴィ。

目を開けると天井が見えて、最初に案内された部屋のベッドに寝ていることがわかった。右手の先にはメルヴィがいて、起き上がった自分を見てホッとした表情を浮かべる。目尻が赤いのは、ひょっとしたら泣いたせいなのだろうか。
無感情に見えた少女の意外な顔に驚いていると、いい匂いが漂うカップを携えたロサが入ってきて、コルトを見て安堵したように微笑んだ。
「メルヴィに感謝なさい。あの子が近くにいなければ、あなたは精霊に乗っ取られていたかもしれないんだから」
「……あの声が精霊ですか？」

「彼らは少々イタズラがすぎるのよね」

「イタズラ？　あれが？」

強制的に押しつけて、言うことをちっとも聞いてくれなくて、振り回すだけ振り回して笑っているあれが、ただのイタズラだというのか。

眉を寄せるコルトの傍によると、ロサは宥めるように頭を撫でてきた。

「私たちと彼らは、考え方が異なるの。人間の常識は通用しないと思っていいわね。あなたは願ったのでしょう？　メルヴィと同じようなちからが欲しいと。だから貸してくれた。親切心よ」

「親切……」

たしかにそうなのかもしれない。不用意にくちにした自分が愚かだった。そういうことなのだろう。

「君はいつもあれを見ているのか？」

「あれって、どんなの？」

メルヴィが首をかしげ、コルトは言葉を選びながら答える。

「……色に襲われた。声と色がなにもかもを覆いつくして、見えなくなった」

「わたしは、そんなにたくさんひとがいなかったから、へいき」

「そういう問題じゃないだろ！」

人数の問題ではなくて、常にアレに侵されていることが問題なのだ。

メルヴィがどこか『無』であることに、ようやく納得がいく。アレに晒され続けていたら、気力なんて湧いてくるはずもない。

「ごめん、僕は君にひどいことを言った。知らなかったからといって、許されるわけではないけれど、謝罪させてほしい」

「わたしがちゃんと言っておいたら、こんなことにはならなかったから、わたしもごめんなさい」

顔を伏せるメルヴィに対し、ロサは手を打って子どもたちに告げる。

「はい、両成敗。ふたりとも、いま感じたことを忘れないようにしてちょうだい。それも学びよ。メルヴィ、よく頑張ったわね。えらいわ」

「でも、おばあちゃん……」

「コルトは無事に帰ってこられた。あなたが助けたの。胸を張りなさい。そしてコルト、あなたは反省ね」

「わかっています。アレはとても僕には扱いきれません。ですから僕は決めました」

「なにを決めたのかしら」

楽しげに微笑むロサをまっすぐに見据えて、コルトは言う。

「学びます。精霊を恐れているだけではきっと駄目なのですよね。ならば、彼らを知り、共存するすべを僕は欲します。深く知ることで対処します。そうすれば、この子を守ることもできますよね」

視界の端でメルヴィが顔を上げるのがわかった。今度はそちらに視線を向けて、コルトは笑みをつくる。

もう震えはなかった。ただ、あの脅威を背負っている少女の助けになりたい気持ちが強くなっていた。

「あらためまして、僕はコルト。これから一緒に勉強しよう。僕の知らないことを教えてほしい」

「……わたしのこと、ヘンに思わないの？」

「君は命の恩人だよ。感謝こそすれ、どうして厭う必要があるんだ」

くちを尖らせて文句を言うと、少女はくしゃりと顔を歪ませた。

それでも涙を流さない――流せないメルヴィの頭に手を伸ばし、柔らかな髪を撫でてみる。

自身の妹にも、こんなことはしたことがない。遠ざけられていたこともあるが、父親が違うということが頭の片隅にあったせいで、忌避感が強かったのだ。

けれどそれは間違っていたと思う。

弟妹に罪はない。両親の咎であり、彼らは被害者でしかないのだから。コルトの身勝手な思いを押しつけて、拒絶していい理由にはならなかったのだ。

（ごめんな……）

内心で詫びる。

この先、きっと会うことはないのだろうけれど、それでも思いを馳せる。

こころに刻む。

もう間違わないために。

「よし。今日から僕は君の兄だ。そうしよう」

「おにいちゃん？」

「うん、決めた。僕の妹だ」

差し出した手は、しばらく宙ぶらりんではあったけれど、おずおずと握り返される。

この小さな手が精霊に囚われてしまわないように、ずっと傍で守ってあげようと、こころから思う。

「よろしくな、メル」

その日、コルトは新しい家族を手に入れた。

魔女の願いごと

「おばあちゃん、馬がいる」

「あら、フーゴのところから抜け出してきたのかしら」

「ううん、北の山からきたっていってたわ」

「言っていた？　話をしたの？」

「うん」

庭の菜園へハーブを採取に行ったはずのメルヴィが、なにも持たずに戻ってきてそんなことを言ったので、ロサはいったん調理の手を止めて向き直った。キッチンで手伝いをしていたコルトも不審げな表情を浮かべる。

「会話ができる馬？　普通の馬じゃない。ロサ、妖精ですか？」

「そうね。ケルピーかしら」

「ケルピーとは、水辺に住むというアレですか？」

近くに川もないような場所にケルピーが？　と、コルトはますます胡乱な顔つき。妖精を肉眼では見られない少年は、だからこそ彼らの生態を知ることに対して貪欲だ。ロサは答える。

「森の中に池があるのよ。雪解け水が流れこむわりと大きな池で、そのあたりに生息していると言われているわね」

「いけがあるの？」

「危険だから近寄ってはダメよ。子どもは足がつかずに溺れてしまうわ」

はじめての情報にメルヴィが驚きの声をあげる。コルトもまた興味深そうな顔となったため、ロサは顔をしかめて苦言を呈した。しかし年齢のわりに大人びた考え方をするコルトは、こちらの弁をそれ以上の意味をもって受け止め、深く頷く。

「なるほど。つまり溺れてしまう者が多いため、ケルピーの伝承が生まれたわけですね」

「……どういうこと？」

「ケルピーがひとを溺れさせるのではなくて、溺れるひとが多いから、ケルピーの噂が立ったってこと。順番が逆なんだ」

「なにもしてないのに、ケルピーはわるものにされてるってこと？　かわいそう」

「伝承とはそういうものだよ。常人の目にうつらないものに責任をなすりつける。だけどかれらを見ることができるメルは、それらにとらわれる必要はない。むしろ噂の中心であるケルピーの真実が知れるなら、僕はそのほうがよっぽど有意義だと思う。案内してくれメル。行ってもいいですよね、ロサ」

　こちらの許可を乞うようでいて、得られることを確信している声。コルトの物言いはいつもそうだ。誘導することに長けていて、懐に入りこむことがうまい。相手を見て、それが有効な策かどうかを見極めたうえで発言する賢さもある。

将来が楽しみなようで、すこし不安。他者のこころを『聞く』ことができる少年は、精神が老成しすぎている。

けれどわずかな変化もみられるようになってきた。同じ能力をもつメルヴィとの出会いにより、子どもらしい無邪気さが顔を見せるようになった。

それはメルヴィにもいえることで、自身の内側にこもりがちだった少女は、コルトと接することで外の世界を知った。このまま互いを補いながら、成長していってくれたらと、ロサは願う。

「行くのはかまわない。でも私も一緒に行くわ。あなたたちだけでは、さすがに危険よ」

「ではまいりましょう」

「ねえ、おばあちゃん。ケルピーはなにをたべる？　馬とおなじ？」

「さあどうかしら。訊いてみましょう」

子どもたちを先導し、ロサは庭へ向かった。

◇

濃い栗毛の立派な体格。陽光を受けて輝く黄金色のたてがみが目を引く、美しい馬だった。

「……すごい」

　思わずといったようにコルトが呟く。妖精でなかったとしても、とても印象に残る体貌。厩舎にいる馬とは、格が違った。

「馬さん。おばあちゃんをつれてきたわ」

「おまえが保護者か」

　想像したよりは若々しい声に、ロサは内心で驚いた。それを押し隠して笑みを浮かべる。

「ええ、そうよ。はじめましてケルピー。うちの子にどんな用かしら」

「妖精の世界へ行こうと誘いをかけにきたんだが、断られた」

「そう。本人が望まないのであれば、遠慮していただきたいわね」

「望めば連れていってもよいか？」

「あの子が本当に望むのであれば、私が引き留めることはできないわね」

「ロサ！」

　ケルピーとのやり取りに、コルトが焦ったように声をあげる。しかしロサは穏やかに続けた。

「メルヴィを気にかけてくれてありがとう。あなたたちのこと、あなた自身が教えてくれると助かるわ」

「なぜそんなことをしなければならん」

「あら、メルヴィを他の妖精に取られてしまってもかまわないと？」

妖精が特定の人間に固執する。その独占欲は強力で、うまく使えばメルヴィの守護につながるだろう。

メルヴィの周囲には多様な存在が蠢いている。良いもの、悪いもの。その判断は表裏一体で流転もする。昨日まで味方だと思っていたものが襲いかかってくることもあるはずだ。

そのとき、メルヴィを害する精霊を抑えてくれる存在がいれば安心できる。小さな隣人たちだけでは足りない。もっと高位の存在を傍に置いておくほうがいい。

ロサの考えを察したか、ケルピーは唸った。

「……なるほど。したたかな人間だ。いいだろう」

「交渉成立ね。さあメルヴィ、彼の名はなにかしら」

「なまえ？　ケルピーじゃなくて？」

「私たちはトラン北部の人間だけど、私はロサで、あなたはメルヴィでしょう？」

「妖精にもなまえがあるのね」

名を持つ者は、ちからの強い者だ。

これまで近くにいたのは下位の部類で、このケルピーほど大きなちからを持った者はいなかったため、メルヴィは知らなかったようだ。そういった意味でも、ケルピーの存在はメルヴィにとって利点が多い。妖精のことについて彼ら自身から学ぶのは、自分が教えること以上に身になるはずだ。

「あなたのなまえはなあに？」

「それを決めるのはおまえだ。おまえが名を呼ばなければ、オレはおまえの名を呼べない」

「そうなの？」

「ロサ、本当ですか？　あの馬、メルを誘導しているのではないですか？」

すぐに信じたメルヴィと、はじめから疑ってかかるコルト。この子どもたちは本当に正反対である。

「コルト、うたがいすぎ」

「妖精に隙をみせるなって教えてくれたのはメルじゃないか。そっちこそ、もうすこし警戒すべきだ」

「それは、そうだけど」

「小僧。関係ないやつは黙ってろ」

「関係なくないです。僕はこの子の兄ですから」

「嘘をつくな。一滴の血も交じり合っていない。生まれた場所も違う」

「それでも！　僕は、兄だ」

睨み合うケルピーとコルト。うろたえるメルヴィ。

ロサは手を合わせて音を鳴らし、彼らの勢いを削ぐ。

「あなたたち。お姫さまが困っているわよ。コルト、これはメルヴィと彼の問題。私たちはくちを挟めない領域よ」

「危険はないのですか」

「今のメルヴィなら、大丈夫じゃないかしら」

ケルピーは言った。誘いを断られたと。

これだけ強いちからを持った存在の声を断ち切ったのだ。ロサが引き取ったばかりのころを思うと、格段に意志が強くなったと感じる。要因のもっともたる存在であろうコルトは、不満そうな顔を隠そうともせずケルピーを睨みつけている。

たいしたものだ。あの大いなる存在にちっとも負けていない。

メルヴィはメルヴィで、じいっとケルピーを見つめている。ケルピーもまた視線を逸らさない。探るような眼差しを向け、メルヴィはそれを受け止める。

ふたりの攻防は聞こえない。こころを読めるコルトにも、おそらくは。

やがてメルヴィのくちびるが動いた。

「えくぉうす？」

「それがそいつの名前か、メル」

「んー、わからない、けど、そんなふうにきこえた」

「人外の名前は、ひとのくちでは発音がむずかしいのかもしれない」

ふたりの子どもは顔を突き合わせて考えている。ロサはそれを黙って見守ることにした。同じくおもしろそうに眺めているケルピーに近寄り、小声で話しかける。

「すこしいいかしら」

「なんだ」

「北の山から来たというのは本当？　あなたはなぜメルヴィに声をかけたの？」

「オレがどこから来ようとなんの関係がある」

「何十年もここで暮らしているけれど、ケルピーを最後に見たのはいつだったか。ずっと昔、私がまだ娘だったころよ」

「だからどうした」

「あなたも逃げてきたのね。メルヴィに惹かれたのはそれが原因？」

「なんの、ことだ」

確信をもって告げた言葉で、ケルピーに動揺が走った。漏れ出る言葉はかすれている。やはりそうだ。このケルピーは、妖精としてはまだ若い。セーデルホルムにいたケルピーがなんらかの理由で姿を消し、その跡を埋めるように成りかわった。

土地精霊の代替わりはめずらしいものではない。人間のように、なんらかのつながりをもって交替するわけではなく、不在となった場所を埋めるかたちでの後継がほとんどだ。

「追ってきたの？　それとも偶然？」

「おまえはあの子を知っているのか」

「私が知っているのは、ここへ来てからの数年間よ。本人はあまりくちにはしないけれど、察せられることはあるわ。あの子はケランの出身なのでしょうね。おそらく、上流階級の出。あちらは精霊文化を否定した国だから、メルヴィのちからも排斥されたでしょう」

教会のシスターによれば、メルヴィは年齢のわりに発語が遅く、ほとんどしゃべらなかったという。捨て子同然にやってきた状況から考えても、周囲の人間を信じられなくなっていてもおかしくはないし、会話が少なかったとしても仕方がないと受け止めた。

しかし遅いのではなく、そもそも「話せなかった」のではないだろうか。

ケランは独自の母国語を使う。エニス語を耳にする機会はもちろんあるだろうが、日常的に使うものではない国だ。

大昔はつながりがあった国。精霊たちは今も行き来があるため、彼らを通じてエニス語を聞いていた可能性もある。精霊たちは土地の言葉を使うことが多いので、メルヴィは自覚なくさまざまな言葉を解していたはずだ。

コルトの利発さが目を引くけれど、メルヴィとて頭のいい少女だとロサは思っている。こちらが告げずとも、自分がケラン人であるという事実にいずれ行きつくに違いない。

ロサが黙って待っていると、ケルピーは静かに語りはじめた。

「はじめて見たのは、どこかの家だ。山の麓にポツポツと家が建っているなかのひとつだ」

「それはたぶん、富裕層の保有地ね。別荘を持つことはステータスのひとつとされているわ」

ケルピーは気づけばそこにいた。山裾に広がる森だ。付近には川があり、中洲でよく水を飲んだ。

美しい馬であるケルピーを見て、我が物にしようとする者は少なくない。縄でもって捕えようとする人間たちは多いが、激流に足を取られてしまうことが大半で、ケルピーは難を逃れ続けた。それゆえに、ひとの命を奪う邪悪なる馬だと噂されるようになっていったのだ。

ケランは妖精が住む地でありながら、それを邪と捉えて糾弾する国。ケルピーは正しく「ケルピー」として認識され、別の意味でも執拗に追われる事態となる。

人間はおそろしい。

ひとの世は、なんと禍々しいのか。

人里から遠ざかるようになったケルピー。メルヴィに出会ったのは、そんなときだった。

ひとの気配が少ないわりに大きなお邸。広々とした庭の隅に植わっている大木の下に、子どもがいた。これまでに見知ってきた「人間」とはまるで違っていて、とても小さい。体の大きさだけではなく存在が希薄。なんというか、今にも消えそうだった。ひとの命は短いとはいうが、これはさすがに早すぎるのではないだろうか。

ケルピーは近づく。虚ろな表情をした子どもが顔をあげる。

孤独。

寂しさ。

音を発さずに誰かに呼びかける声がする。

こころが叫んでいる。


どうして。

わたしはここにいちゃダメなの？

だけど、どこにもいくところがない。

どこにいけばいいの。

わたしのいばしょはどこにもない。

ほしい。わたしがいてもいいいばしょ。


欲するこころが共鳴を起こす。

ケルピーは気づいた。自分もまた安住の地を求めていたのだと気づいた。


「………………」

「一緒に来るか」

思わず声をかけていた。子どもの瞳にこちらは映っていないように思える。周囲にはおびただしいほどの精霊がいる。もしかしたらこれは人間ではないのだろうか。そんなふうにも思えてきた。

「なあ、行こう。オレも、こんな世界はまっぴらだ。妖精の世界へ行こう。そこならきっと仲間がいるから」

けれど子どもは、こちらに目もくれない。それがひどく歯がゆかった。

ケルピーがなおも声をかけようとすると、遠くから悲鳴が聞こえた。人間だ。罵声と悲鳴が入り交じり、ケルピーは子どもに背を向けた。けれど最後にもう一度だけ声をかける。

「必ず迎えに行くから、待っていろ」

ケルピーはいったん恐ろしい土地から離れることを選択した。

向かった先はセーデルホルム。山をひとつ越えただけなのに、こちらとあちらは世界が違う。居心地がよく、精霊力も満ちている。近くを漂う妖精が言うには信仰心の差だとか。こちらの住民は不思議なものと共存し、受け止める性質が強い。年々そういった気配は薄れてはいるけれど、セーデルホルムは信仰が根づいた土地。妖精にとって生きやすいのだと声を跳ねさせていた。

トランとケラン。ふたつの国を、深き森と聳える山で分断したのは、女神エメローディアだ。感情の起伏が激しいエメローディアは、さまざまな国に影響を与える。

流す涙は川となり、落とした吐息は風を生む。

その結果、大陸が分かれたり、国境が変わったり、島ができたり、山ができたり、湖ができたり、川ができたりするのだから、人間はさぞかし迷惑だろう。

女神の息吹を感じる人間界は、そういった意味ではおもしろいといえた。悠久のときが流れる妖精界は変化に乏しいのだ。多くの妖精が人間にちょっかいを出すのは、楽しいからではないかとケルピーは思う。そう思えるようになってきた。

新しい土地へ逃れてきて本当によかったと考えるとき、頭をよぎるのはケランで見かけた子どもだ。

イタズラ好きの妖精がさらってくる子どもとは異なり、あの子どもは周囲の人間に愛されていなかった。妖精としての存在が強くなり、ちからを手に入れた今のケルピーであれば、別の世界へ子どもを連れていくことぐらいできるはず。

そう思って、おそるおそる向こうの国へ行ってみたけれど、あの場所に子どもはいなかった。ひとの気配すらなく、いつしか建物もなくなった。

「まさかオレと同じように山を越えているとは思わなかった。あいかわらず小さいが、当時と違って目にはちからがある。オレのことは憶えてないらしいが」

「過去の記憶に乏しいのはたしかね。無理に取り戻させるつもりはないわ」

「今度こそ一緒に行こうというと『おばあちゃんがいるからダメ』だと言った」

「だからあなたは、その相手がどんな人物かを見極めようと考えたのね。それで、私は合格かしら」

問うと、ケルピーはひとことこと。

「今はな」

「あら、手厳しいことね」

「おまえはいずれ命を落とすだろう。あの子はまた孤独になるじゃないか」

「そうね。私は、あの子たちが大人になる姿を見ることはできないのかもしれない」

安易に死を告げるケルピーに、ロサは苦笑する。

妖精は正直だ。想像すると胸が痛むことを平気で言ってのける。

だがケルピーがメルヴィを気にしていることは、よくわかった。どんな存在であれ、メルヴィを護ろうとしてくれる者は歓迎だ。不安定な少女の未来がどうなるのか、ロサは心配で仕方がなかった。

「今度は私と契約を交わしましょう、ケルピー。私がこの地を離れたあと、セーデルホルムを守ってくれないかしら」

「対価は」

「私は魔女よ。古（いにしえ）の魔女ほどのちからはないでしょうが、それでも魔女の血は引いているの」

「そのようだ」

「ならばわかるでしょう。この血肉は、それなりに価値があると」

時代とともに廃れてしまった魔女たち。

魔女はちからを行使する代償として、死したあと、その体を精霊へ託すという。魔女のちからは精霊たちに還元され、新たな精霊が生まれる。

すでに在る精霊たちにとっても、魔女の持っているちからは絶大だという。妖精としては若いであろうこのケルピーにとっても同様のはず。だからこその提案。対価。ロサは本当に末端の末端もいいところだけれど、魔女は魔女だ。この付近では最後といっていいほどの、残りかすの魔女。

自分の代でおしまいにするつもりだった土地の守護は、子どもたちの登場で気持ちが揺らいでしまった。命が尽きたあとも、ずっとずっと護りたいものができてしまった。

遠ざかっていた『家族のぬくもり』を思い出させてくれたメルヴィとコルト。ふたりのためにもセーデルホルムの家は失くすわけにはいかなくなった。

成長して、都会へ出ていくこともあるだろう。

けれどきっと、あの子たちはセーデルホルムを忘れない。三人で暮らすこの家を、大切に、大切にするであろうことは想像がつくから。

だから、失くせない。

魔女のすべてをかけて、護ってみせる。

「おまえも孤独だったのか」

「それでいいと思っていたのだけれど、人間は弱いものね。一度得てしまうと手放すのが怖くなる」

「おまえも、あの子も、もうひとりの小僧も」

「私たちは似た者同士。あなたもね、ケルピー」

「なんのはなしをしてるの、おばあちゃん」

メルヴィがロサのスカートを引いて首をかしげる。コルトも隣に立ち、眉を寄せる。

心配させただろうか。

ロサは笑顔を作ると、メルヴィの頭に手を置いた。

「大人の話。さて、ケルピーの名前はわかったかしら」

すると子どもたちは顔を見合わせて頷き、こちらへ向き直ったあとでくちを開いた。

「エクウス。ダメ？　ちがう？」

「妖精の名前は術者が決めるって、本に書いてあった。不正解ってことはないはず」

心配そうなメルヴィと、自分を信じて疑わないコルト。

ケルピーは馬首を上下に動かして、肯定の意を表した。

同調（エコーズ）。

ケルピーと幼いメルヴィは、同調することで出会った。そして今、それぞれに孤独を抱えていた者たちが出会い、ふたたび同調している。

出会いとは稀有でおもしろく、愛おしい。

このさきの未来で、コルトやメルヴィがさまざまな出会いを経験してくれることを願ってやまない。生きて、幸せになってほしいと強く思う。

だから準備をしよう、すこしずつ。愛する子どもたちのために。

ふたりがいつでも、ここへ帰ってこられるように。

ケルピーは応えた。

「ロサ。わかった。メルヴィのためならば受けてやる。小僧はついでだ」

「小僧ではありません。コルトです」

「似たようなもんじゃないか」

「馬のくちは人間ほど達者ではないので、発音が下手なのですね」

「誰が馬だ。ケルピーを侮るな」

憤慨したケルピーが声を荒らげたとたん、その姿が変化した。栗毛色の体毛は褐色の肌へ、黄金色のたてがみは艶やかな金髪へ。二十代ほどの男性の姿となったケルピーは腕組みをして顎をそらせた。

「ふん、見たか小僧」

「エクウス、人間になった」

「どういう変化ですか、それは自分の意志で可能なのですか、持続時間は？　その姿は固定ですか、ケルピーとしての年齢に応じた姿を取る？　ちょっと待って。ということは、その姿でメルヴィに一緒に行こうとか言っていたということ？　とんでもない変質者じゃないか。ロサ、やはりこれは危険です。メルに近づけるべきじゃない」

「やかましい、黙っていろコルト。メル、背中に乗せてやるから森へ行こう」

「その姿で言うな変態」

コルトが一喝すると、ケルピーは馬の姿へ戻りメルヴィの傍へ寄る。

「乗れ。ひとりが怖いのであればロサとともに。コルトは駄目だ」

「女しか乗せないとは、さすがケルピー。とんだ駄馬だ」

「コルト、エクウスはやさしいんだよ？」

「そんなの見せかけに決まってるさ」

「こらこらあなたたち。そんなことよりお昼の時間がくるわ。遊ぶのは昼食のあとにしてちょうだい。エクウス、食事は取れるかしら？」

「供物か？」

先ほど契約を持ちかけたからだろう。そんなことを問うてくるケルピー。けれどロサが答えるまえにメルヴィが言った。

「ちがうわ。ごはんはいっしょに食べたほうがたのしいの。それだけ」

「ここに飼葉(かいば)はないから、人間の食べ物になるけど、ケルピーの食生活はどうなっているのか興味深いですね」

コルトも続き、子どもたちは家の中へ向かう。佇んだままのケルピーをメルヴィが手招く。ロサもまた声をかけた。

「これからもときどき遊びにきて、一緒にごはんを食べてくれると嬉しいわね」

「それも契約のうちか？」

「いいえ、これは友達に対するお誘いよ」

「そうか。ならば友の誘いは受けねばならんし、願いごとも叶えなければならないな」

「ありがとうエクウス」

「だがな。魔女の末裔。女神エメローディアもはじめは人間だったという。ひとは神になる可能性を孕んでいる。ケルピーに託すより、自分が土地神になる模索をするほうが早いのではないのか」

エクウスの言葉にロサは瞠目する。

その発想はなかった。

残りかすの魔女が神になる？

いくらなんでも無理がすぎる。

「可能性の話だ」

「そうね、夢をみるのは自由だわ」

神にはなれずとも、この身を捧げたあとに生まれる精霊のひとつぐらいにはなれるかもしれない。

「そうしたらこの家に戻ってこようかしら。エクウス、あなたがきちんと約束を果たしてくれているのか、確認させてもらうわね」

「生きているのに死んだあとの話をする。人間は変わっているな」

「そうね。まずはご飯を食べましょう。そのあとは、子どもたちに妖精の話をしてあげて」

人間の姿で器用に肩をすくめ、キッチンへ向かうエクウスを見送って、ロサは微笑む。

この家に刻まれる思い出が、またひとつ増えそうだ。

ひとつといわず、ふたつ、みっつ。

たくさん増えて、いつか訪れる自分の死に対して、哀しみよりも幸せだったことが上回る記憶になればいい。

どうかどうか、あの子たちを見守っていて。

声なき声は、屋内に漂う精霊たちのあいだに広がり、やがて囁きとなって返ってくる。

「ありがとう」

ロサの顔に笑みが広がった。

セーデルホルムは、魔女の願いに満ちた場所。
思いは巡り、還ってくる。
さあ、いってらっしゃい。
わたしはずっと、あなたたちを待っている。
おかえりなさい。
ここは、セーデルホルムの魔女の家。
あなたたちが、帰る場所。

《了》

あとがき

はじめまして。彩瀬あいりと申します。

このたびは『セーデルホルムの魔女の家』をお手に取っていただき、誠にありがとうございます。

ところで皆さま、あとがきはお好きですか？　いつ読まれますか？

私は、あとがきの有無を確認し、先に覗いてしまうタイプの人間です。

あとがきがおもしろい作家さんの作品は、好みに合うものが多いのです。

おそらくそこには、作家さんの個性が詰まっていて、自分との親和性を見出しやすいからではないかなと思っております。

そんな憧れのあとがきを書く機会を得たことで、本当に書籍になるんだなあと実感が湧いてきたところです（遅い）。

自分がいつ本が好きになったのか憶えていないぐらい、読書は身近なものでした。

私にとっての娯楽は、物語の世界に浸ることでした。

そして最後に、手に取ってくださった方にも最大級の感謝を。
見つけてくださって、ありがとうございます。
どうかあなたにも、良い出会いが訪れますように。

彩瀬あいり

宮廷書記官リットの優雅な生活

鷹野 進　装画／匂歌ハトリ

王家の代筆を許される一級宮廷書記官リットが、少年侍従トウリにせっつかれながらも王家が催す夜会の招待状書きにとりかかっていたところ、ラウル第一王子からの呼び出しを受け、タギ第二王子の婚約者の内偵を命じられる。世間では悪役令嬢なるものが流行っていて、その筆頭がその婚約者らしい。トウリとともに調査に乗り出すリットだったが、友人である近衛騎士団副団長ジンからタギを巡る三角関係の情報を得るも、事態は夜会での大騒動に発展し――!?三つ編みの宮廷書記官が事件を優雅に解き明かす宮廷ミステリ、開幕。

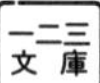

セーデルホルムの魔女の家

2023年2月3日　初版第一刷発行

著　者　　彩瀬 あいり
発行人　　山崎 篤
発行・発売　株式会社一二三書房
〒101-0003
東京都千代田区一ツ橋 2-4-3 光文恒産ビル
03-3265-1881
https://www.hifumi.co.jp/
印刷所　　中央精版印刷株式会社

ISBN 978-4-89199-931-5 C0193